novum pro

AF157406

ZITA SEYMOR

Beklommen im Herzen

München, 2021

novum pro

www.novumverlag.com

Bibliografische Information der Deutschen Nationalbibliothek:

Die Deutsche Nationalbibliothek verzeichnet diese Publikation in der Deutschen Nationalbibliografie. Detaillierte bibliografische Daten sind im Internet über http://www.d-nb.de abrufbar.

Alle Rechte der Verbreitung, auch durch Film, Funk und Fernsehen, fotomechanische Wiedergabe, Tonträger, elektronische Datenträger und auszugsweisen Nachdruck, sind vorbehalten.

© 2021 novum Verlag

ISBN 978-3-99107-832-6
Lektorat: Alexandra Eryiğit-Klos
Umschlagfotos: Anastasiia Sklyarova, Ulianna19970,
Ruslan Huzau | Dreamstime.com
Umschlaggestaltung, Layout & Satz: novum Verlag

Gedruckt in der Europäischen Union auf umweltfreundlichem, chlor- und säurefrei gebleichtem Papier.

www.novumverlag.com

Eigentlich ist Greta zum Umfallen müde. Aber als das Display unter dem Dach der Trambahn-Haltestelle vor der Pinakothek der Moderne anzeigt, dass die Tram zum Hauptbahnhof, auf die sie die ganze Zeit wartet, wegen einer Störung erst mal ausfällt, beschließt sie, in das Museum hineinzugehen. Offensichtlich findet eine Veranstaltung statt – vielleicht eine Vernissage? Jedenfalls strömen Leute hinein, und sie schließt sich ihnen an. Bestimmt sind alle Münchner Kultur-Promis da. Wäre ja doch interessant. Sie ist schon so lange aus der Szene weg.

Ein älterer Herr im goldbeknöpften Blazer (sehr adelige Ausstrahlung) hält ihr die hohe Glastür auf, und Greta schiebt sich durch die vom Small Talk brummende Halle langsam in Richtung der breiten Freitreppe auf der gegenüberliegenden Seite. Dort hofft sie dem Gedränge der vielen ihr unbekannten Menschen zu entkommen. Im Vorbeigehen sieht sie ihr Spiegelbild in einer schummrig beleuchteten Vitrine an der Kassentheke: eine zierliche ältere Frau im schwarzen Hosenanzug, halblange, stufig geschnittene, graue Haare, einige Falten im ovalen Gesicht, eckige schwarze Brille und dunkelrot geschminkte Lippen. Wie siebzig, findet sie, sieht sie jedenfalls nicht aus. Sie streicht sich die Haare hinter die Ohren, damit die großen silbernen Ohrclips besser zur Geltung kommen. Ihr einziger Schmuck, und er lockert ihr strenges Outfit ein wenig auf.

Greta hat die Treppe gerade erreicht, als die Eröffnungszeremonie des Abends auch schon beginnt. Schnell setzt sie sich auf eine der mittleren Stufen mit gutem Überblick über die Halle. Die geladenen Gäste nehmen auf modernen schwarzen Stühlen vor einem Rednerpult aus Plexiglas Platz. Der grau melierte Herr, der ihr die Tür aufgehalten hatte, schreitet bedächtig an dieses Pult und begrüßt jeweils mit Namen Sponsoren, Politiker und Kuratoriumsmitglieder – endlos. Greta hört darunter einige ihr aus der Presse bekannte Namen und eher nebenbei einen ihr sehr vertrauten. Sie schluckt erschrocken. Nein, nein, da muss sie sich verhört haben! Der nun folgenden Rede mit den üblichen Polit-Worthülsen des zuständigen Kultusministers kann Greta kaum folgen. Kann das denn sein? Er hier? Er wohnt doch gar nicht in der Stadt. Und er und Kunst, das passt irgendwie nicht.

Während die Kuratorin der neuen Ausstellung etwas über den Künstler und seine Intentionen erzählt, überfallen Greta Bilder aus der Vergangenheit: Sie war ihm vor mehr als fünfundzwanzig Jahren zum ersten Mal begegnet, beim traditionellen Jahreskongress der deutschen Reiseveranstalter und Reisebüros im November in Wien. Sie hatte den Eröffnungsvortrag gehalten und, für sie eigentlich ungewohnt, enorm unter Druck gestanden. Vielleicht, weil der Chef des Branchenverbandes ihr am Abend vorher an der Bar des Kongresshotels noch zugeflüstert hatte: „Wir zählen morgen auf Sie! Die Branche braucht Ihr Wissen!" (Das allerdings war glatt übertrieben. Die Tourismusbranche strotzte damals, in den Neunzigerjahren des 20. Jahrhunderts, vor Selbstbewusstsein und war durch den permanenten Erfolg ziemlich beratungsresistent.)

Greta war durch ihre Vorlesungen an der Uni und viele Vorträge auf Fachtagungen zwar recht routiniert im Auftreten vor Publikum gewesen. Aber noch nie hatte sie vor einem so großen, ihr außerdem weitgehend fremden Auditorium gesprochen. Fast tausend Leute! Sie war neu in der Szene gewesen, jedoch durch einige ziemlich kritische Veröffentlichungen über den Massentourismus bei Insidern bekannt. Allerdings hatte sie die intellektuelle Aufnahmefähigkeit der Touristiker total überschätzt. Schon nach einer Viertelstunde las sie an den Mienen vieler Zuhörer ab, dass sie sie mit ihren Worten gar nicht erreichte, machte aber tapfer im Text weiter. Nach dem obligaten „Ich danke für Ihre Aufmerksamkeit" am Ende war sie vollkommen erschöpft. Von einem eher artigen Beifall begleitet, stürzte sie vom Vortragspult die Bühnentreppe hinunter durch eine Seitentür aus dem Saal, anstatt zu ihrem reservierten Platz in der ersten Reihe zurückzukehren.

Jetzt brauchte sie dringend einen Espresso und eine Zigarette. Tief inhalierend stand sie vor dem Fenster in einem Erker des Foyers und stieß ihren Frust mit dem Rauch aus, als ein Mann sie von der Seite ansprach. Er musste ihr unmittelbar gefolgt sein.

Greta hatte keine Ahnung, wer dieser smarte Typ war. Trotz ihrer hohen Absätze war er ein ganzes Stück größer als sie. Eng geschnittener grauer Anzug, hellblaues Hemd, bunte Krawatte, braun gebranntes, schmales Gesicht, etwas konventioneller Schnitt der dichten, aschblonden Haare, ein Mund mit nicht sehr ausgeprägten Lippen, graue Augen. Und die strahlten sie an wie Scheinwerfer.

Er machte ihr Komplimente für den Vortrag und schlug ihr vor, bei einem „Forum" mitzumachen, das sein Unternehmen, AI-Touristik, veranstalten sollte. Himmel, begriff sie plötzlich, einer der Topmanager der Branche! „Ähnlich wie in Ihrem Vortrag gerade sollen in dem Forum endlich einmal unbequeme Wahrheiten ausgesprochen und offen diskutiert werden." Seine Stimme war angenehm, etwas rau. Und er klang von seiner Idee überzeugt.

Natürlich war Greta von seinem Kompliment geschmeichelt. Ganz ernst nahm sie die Einladung aber nicht.

Sie sagte trotzdem erst mal zu. Wäre ja im Prinzip nicht schlecht, so ein „kritisches Forum". Ihr ging schon lange auf die Nerven, wie sehr die Topmanager der Branche auch schlechteste Nachrichten mit ihrer Plastiksprache verkleisterten („auf einem guten Weg" = wenn es nicht so gut läuft; „gut aufgestellt" = wenn die Krise manifest ist etc.). Und sie hatte schon häufiger erleben müssen, wie wenig die Tourismusbranche mit Kritik umgehen kann, wahrscheinlich, weil der Verkauf von „schönem Urlaub" zwar eigentlich ein hartes Geschäft wie jedes andere ist, aber doch nur mit Positivem verbunden werden soll.

Den Winter über hatte Greta diese Begegnung vergessen. Alltag: Projekte in ihrem kleinen Beratungsbüro, Vorlesungen und

Prüfungen an der Hochschule, Haushalt und Ehemann. Sie las nur hin und wieder etwas über ihn in der Fachpresse. Na ja, schon ein guter Typ.

Einige Wochen vor der alljährlichen Internationalen Tourismusbörse in Berlin im März kam dann überraschend ein Anruf von seiner Sekretärin. Ob die Professorin einen Termin am Stand seines Unternehmens während der Messe einrichten könne. Klar! Sie wollte schließlich sehen, was an dem Typen und seinem Vorhaben wirklich dran war.

Die ITB[1] in Berlin war seit dem Aufschwung des Massentourismus in den 1980ern das weltweite Highlight der Branche im Jahr: sehen und gesehen werden, Kontakte vertiefen („netzwerken" hieß es noch nicht), an Fachdiskussionen teilnehmen, den neuesten Klatsch mitnehmen, schauen, wie die Länder der Welt sich auf ihren Messeständen anpreisen – anstrengend, aber auch vergnüglich.

Greta registrierte sich als Fachbesucherin an einem der vielen Counter in der lang gestreckten, lichtlosen, durch graugrünen Teppichbelag gedämpften Halle des Internationalen Congress Centrums ICC, ein brutaler Betonbau aus den 1970er-Jahren, der wie ein Nilpferd über der Berliner Stadtautobahn lagerte. Erster Rundumblick. In dem Dämmerlicht des Foyers wuselten die internationalen Besucher geschäftig umher: Männer und Frauen der verschiedensten Hautfarben, manche in bunter Landestracht, die meisten aber im internationalen Business-Outfit: die Männer in Anzug oder Jackett, die Frauen in schwarzen oder dunkelblauen Hosenanzügen auf hochhackigen Schuhen. Freundliche Gesichter voller Erwartung auf gute Geschäfte und Kontakte.

Sie traf jemanden aus der einschlägigen Wissenschaftsszene meistens schon hier in der Halle. Immer das gleiche Ritual:

---

1 Internationale Tourismus-Börse Berlin

mehr oder weniger freundliche Begrüßung, kurz abschätzen, wie er oder sie sich übers Jahr seit der letzten ITB gehalten hatte, vielleicht ein Kompliment für eine neue Veröffentlichung oder ein kürzlich gegebenes Interview, je nach Sympathie die eine oder andere Verabredung zu den angesagten abendlichen Events. Greta mochte die flirrende Messe-Atmosphäre, auch wenn sie sich in der hin und her hastenden Menschenmenge in den zugigen Messehallen regelmäßig einen Infekt einfing und krank nach Hause kam.

Vom Foyer führten Rolltreppen hinüber in die Messehallen. Greta befestigte ihren Fachbesucherausweis am Revers ihres Blazers, setzte ihr Business-Gesicht auf und ging hinüber. Sie blickte hinunter in die erste Halle: wie immer eine ästhetische Zumutung. Heilloses Durcheinander von bunten Bildern, mehr oder weniger originellen Logos von Firmen und Ländern auf großformatigen Plakaten an Stahl- oder Holzgerüsten. Nur ganz selten einmal etwas Ungewöhnliches, z. B. die kleine Zeltstadt eines arabischen Landes oder die Zirbenstube der Schweizer. Hinter den Desks der Stände mit Stapeln von Prospekten und Flyern hockte das offensichtlich schon mittags genervte Personal mit dunklen Augenringen. Größere Unternehmen und manche Nationen leisteten sich ein erstes Stockwerk für den Stand, an dem diskret Besprechungen stattfinden sollten. Die meisten Aussteller hatten dafür aber nur eine kleine Ecke mit Tischchen und Stühlen hinter dem Desk. „Eigentlich erstaunlich", dachte Greta, „wie wenig Stil diese Branche hat. Sie will doch ein schönes Lebensgefühl verkaufen."

Sie schaute zuerst bei den Messeständen der deutschen Bundesländer vorbei. Für manche hatte ihr kleines Büro Ideen und Strategien entwickelt. „Nase zeigen", signalisieren, dass sie sich interessierte, diesen und jenen Bekannten begrüßen, Visitenkarten tauschen. Man verabschiedete sich schnell mit einem „Wir telefonieren!", in späteren Jahren mit „Wir mailen!". Ruhige Gespräche waren in der hektischen Atmosphäre ja kaum möglich.

Als es schließlich Zeit wurde für Gretas Termin bei ihm, bahnte sie sich mühsam den Weg durch drei weitere stickige Hallen, bis sie endlich den großen blauen, doppelstöckigen Pavillon von AI-Touristik zwischen den kleineren Ständen anderer Reiseveranstalter sichtete. Angemessen für einen Platzhirsch. Unsicher und etwas aufgedreht meldete sich Greta beim Empfangsdesk am Eingang. Eine arrogant lächelnde, stark geschminkte Hostess mit Hochfrisur, in blauem Kostüm mit hautengem Rock hakte ihren Namen in einer Liste ab und bat sie mit einer einstudierten Geste, ihr nach oben zu folgen, in die „VIP-Lounge". Greta stöckelte erwartungsvoll hinter der Hostess auf ihren etwas zu hohen Schuhen und dem engen braunen Minirock die steile kleine Treppe hinauf. Die Hostess klopfte kurz an eine Tür, öffnete sie, kündigte Greta mit Namen an und ließ sie eintreten.

Das sollte eine „VIP-Lounge" sein?! Eine fensterlose, graue Kiste, lieblos und öde. Ein Resopal-Tisch, darauf ein paar kleine Wasserflaschen, vier Stühle, kahle Wände aus Rigipsplatten. Ein junger Mann, bebrillt, blass und picklig, und ein älterer Herr mit fahler Haut, beide in taubenblauen, zerknitterten Anzügen, erhoben sich gleichzeitig mit ihm. Kurzes Händeschütteln und Austausch von Höflichkeiten, dann bat er die beiden Herren, ihn mit Greta allein zu lassen. Ein kleines Fragezeichen ploppte in ihr auf – und bei den Hinauskomplimentierten wohl auch.

Er bat sie, ihm gegenüber an der Längsseite des schmalen Besprechungstischs Platz zu nehmen. Weit über den Tisch nach vorn gebeugt, die Gesichter sich fast berührend, begann sofort ein wild flirtendes Verbalduell zwischen beiden. Greta erinnerte sich nicht mehr, was sie geredet hatten, sie wusste nur noch, dass sie sich ebenso gut gleich hätten umarmen können, wenn nicht der Tisch zwischen ihnen gewesen wäre – so stark war die gegenseitige erotische Anziehung. Der eigentliche Anlass von Gretas Besuch, das von ihm im Herbst davor avisierte kritische „Forum", kam überhaupt nicht zur Sprache!

Nach dreißig Minuten musste er – leider – zu einem anderen Termin. Er begleitete sie persönlich die schmale Treppe hinunter und stützte sie mit einer Hand, damit sie mit ihren hohen Schuhen nicht stolperte. Elektrisierende Berührung, aber dann ein cooler Handshake zum Abschied – schließlich schaute das Standpersonal ja zu.

Greta hatte sich von dieser Begegnung wenigstens die Einladung zu einem lukrativen Vortrag erhofft. Aber das war nur eine intensive halbe Stunde ohne Ergebnis gewesen. Komisch. Eine innere Stimme warnte sie, aber die Begegnung mit ihm war zu faszinierend gewesen, um darauf zu hören.

Schnell strebte sie aus der hektischen Atmosphäre der Messehallen hinaus. Der Lärmpegel hatte sich inzwischen zu einem Crescendo gesteigert, die Empfänge an den Ständen mit Häppchen und (damals noch) reichlich Alkoholausschank hatten begonnen und die Rauchschwaden verdichteten sich unter der Decke der Messehallen. (Auch das Rauchen war noch erlaubt.)

Einen Tag später tauchte er in der kleinen Nebenhalle für die Repräsentanten der Hochschulen auf, welche die Messeleitung kostenlos zur Verfügung gestellt hatte. Von hier aus sollte der Kontakt der Professoren und Studenten zu Unternehmen, Tourismusregionen und Politikern gepflegt werden.

Er gab ihr höflich die Hand, wie ein Fremder. Und Greta wollte sich ihre freudige Überraschung, ihn wiederzusehen, vor ihren Studenten auch nicht anmerken lassen. Beide machten also ein cooles Pokerface. Greta besaß von diesem Zusammentreffen noch ein Foto, das ein eifriger Student, stolz auf diesen hohen Besuch, schnell gemacht hatte: Mann und Frau im Business-Look, nebeneinander ausdruckslos in die Kamera blickend, völlig nichtssagend.

Die Kuratorin beendet ihre Eloge auf den Künstler, und der Applaus holt Greta in die Gegenwart. Der Herr in dem Blazer lädt die Anwesenden noch zu Häppchen, Wein und Rundgang ein.

Geräuschvoll raschelnd erheben sich die Gäste von den Stühlen, während Greta versucht, möglichst elegant von ihrer unbequemen Position auf der Treppenstufe hochzukommen. Nicht ganz einfach, denn Knie und Rücken schmerzen. Gerade als sie versucht, sich einigermaßen elegant vom Sitzen in die Senkrechte zu schrauben, streckt sich ihr eine braun gebrannte, äußerst gepflegte Männerhand unter hellblauer Hemdmanschette mit silbernen Manschettenknöpfen entgegen.

„Darf ich?" Moment, die Stimme kennt sie doch? Also ist er wirklich hier und sie hat sich vorhin nicht verhört? Sie blickt hoch. Ja, das ist er.

Er hilft ihr mit einem leichten Zug unter der Schulter geschickt auf die Beine, und nun stehen sie sich auf der Treppenstufe gegenüber. Mit einem Blick nimmt Greta wahr, dass er immer noch den charmanten, sich seiner Ausstrahlung bewussten Topmanager gibt (jetzt ja wohl Ex-Topmanager). Sein dunkelgrauer Anzug sitzt wie immer perfekt, das hellblaue Hemd wie frisch aus der Wäsche. Die Haare von der Stirn kaum zurückgezogen, nun allerdings ganz grau. Immer noch ein sehr gut aussehender Mann, wohl auch Mitte siebzig, rechnet sie schnell nach. Und immer noch diese unnachahmliche Art, sich ein wenig seitlich zu seinem Gesprächspartner zu neigen. Damals wie eine huldvolle Geste des Machtmenschen, inzwischen vielleicht auch, weil er schlecht hört? Er schaut Greta intensiv, ein wenig fragend an, während er noch immer ihre Hand hält. Dieser intensive Blick hat sie immer wieder irritiert.

So wie damals, als sie als Vertreterin ihrer Hochschule zur Verabschiedung des Münchner Repräsentanten seines Unternehmens auf dem Dachgarten des „Mandarin Oriental Hotels" eingeladen war. Als Konzernchef war er natürlich auch da. Mit seiner Ausstrahlung überragte er die Mediokrität der anderen Anwesenden. Greta fühlte sich furchtbar unwohl in einem dunkelblauen Seidenkostüm, das ihr nicht mehr richtig passte. Das hatte sie allerdings zu spät gemerkt und sich nicht mehr umziehen können. Deswegen verunsicherte es sie besonders, als er sie mit diesem intensiven, fragenden Blick vom anderen Ende des Raumes bedachte. Er hatte sie auch nicht begrüßt, obwohl sie sich ja schon persönlich kannten.

Wenig später nahm Greta an einer Sitzung des Beirats für Tourismus im Bundeswirtschaftsministerium teil – als „Vertreterin der Wissenschaft". Die Behörde war gerade von Bonn in einen renovierten Gründerzeitbau in der Scharnhorststraße in Berlin umgezogen. Sie meldete sich beim Pförtner in seinem kugelsicheren Glaskasten unter dem Eingangstor und fuhr dann mit dem nagelneuen Edelstahlaufzug in die dritte Etage. Alles roch neu und (noch!) gar nicht nach Beamtenmuff. Am Ende des Ganges, rechts und links geschlossene Bürotüren, hörte sie schon Stimmengemurmel, trat in den Besprechungsraum – und sah ihn. Auch hier noch alles ganz neu. Der graue Teppichboden zum Einsinken, der riesige ovale Tisch glänzendes Schwarz, die Eames-Stühle ohne jeden Kratzer.

Bei so einem politischen Routinetermin hatte sie ihn, den Topmanager, nun wirklich nicht erwartet. Die Teilnehmer standen noch um den Besprechungstisch herum. Man begrüßte sich und stellte einander vor, soweit man sich aus der Szene nicht ohnehin kannte. Als sie sich an einigen Verbandsfunktionären vorbei – „Guten Tag, Herr X!", „Schön, Sie zu sehen, Herr Y!" – zu ihm vorgearbeitet hatte, gaben sie sich formell die Hand: „Hallo!" – nichts weiter. Aber wieder dieser Blick, diese Irritation.

Die Sitzung wurde vom amtierenden parlamentarischen Staatssekretär eröffnet, einem kleinen Mann im schlecht sitzenden Jackett mit Halbglatze und altmodischer Brille. Er kam mit Entourage verspätet in den Raum gerauscht, blickte stehend noch einmal selbstbewusst in die Runde und nahm dann am Kopfende des Tisches Platz, während sich seine drei Assistenten auf die Stühle an der Wand dahinter verkrümelten. Er las sein offensichtlich von einem der Assistenten vorbereitetes Statement mit gesenktem Kopf vom Blatt ab. Man merkte deutlich, wie wenig ihn das Thema Tourismus interessierte. Entsprechend bekam er wenig Aufmerksamkeit. Die meisten der Herren blätterten in irgendwelchen Unterlagen oder starrten gelangweilt vor sich hin.

Greta beobachtete ihn. Sein Gesicht war vollkommen ausdruckslos, er schaute aus dem Fenster. Das lernte man wohl in den endlosen Meetings, an denen er teilnehmen musste. Aber: gut anzusehen. Jedenfalls unterschied er sich deutlich von den übrigen in politischen Apparaten abgewetzten grauen Figuren am Tisch, die irgendwie geistige Obdachlosigkeit ausstrahlten.

Nach der Rede des Staatssekretärs folgten die Statements der Verbandsfunktionäre. Sie waren schon hundertmal irgendwo abgedruckt und in der Wortwahl bis zur Unkenntlichkeit ausgewogen. Als sie abgespult waren, blickte der Staatssekretär erwartungsvoll in die Runde, um die nächste Wortmeldung aufzurufen.

Auch Greta musste nun irgendetwas „Bedeutendes" von sich geben, schon allein für das Protokoll. Sie vertrat schließlich ihre Hochschule – und war zudem die einzige Frau in der Runde. Sie war sich durchaus bewusst, dass sie in der Branche sehr kontrovers gesehen wurde. Die einen hielten sie für eine Nervensäge und Emanze, die anderen bewunderten ihren Esprit und ihre mutige Art, Probleme dort offen anzusprechen, wo die meisten sich wegduckten. Da auch er zuhören würde, fühlte sie sich ziemlich befangen. Ihr Statement blieb kurz und sie ärgerte sich später über ihre Zurückhaltung.

Das wäre aber gar nicht notwendig gewesen. Greta kapierte erst viel später, dass es in solchen Gremien gar nicht um Inhalte ging, sondern lediglich um die Teilnahme, die persönliche Unterschrift auf der Teilnehmerliste und vor allem darum, sein Netzwerk zu pflegen. Dass ausgedehnte „Netzwerke" Leistung ersetzten, konnte sie nie akzeptieren. Für sie war das nichts anderes als die Pflege von Kontakten aus Berechnung. „Beziehungen", „Vitamin B", das hatte sie von zu Hause mitbekommen, nahmen nur Leute in Anspruch, die durch eigene Leistung nicht vorankamen. Aber das stellte sich, vor allem für eine Frau, schließlich als falsch heraus.

Er schaute wieder mit diesem intensiven Blick zu Greta, als sie fertig geredet hatte, schwieg aber weiter. Schade. Sie mochte seine Stimme. Ob er sich seiner Wirkung so gewiss war und meinte, auch schweigend genügend Präsenz zu zeigen? Oder war er einfach gelangweilt?

Greta und er stehen immer noch wie angewurzelt auf der schmalen Treppenstufe, während schon die ersten Gäste an ihnen vorbei auf die Galerie, zur neuen Ausstellung, strömen. Endlich zieht er sie an der Hand die Treppe hinunter, ihre Hand fest in seiner, und stellt sich ihr gegenüber. „Was machst du hier?", stoßen beide fast gleichzeitig hervor und brechen damit das Eis. Er: „Ich bin im Kuratorium des Museums. Und wie kommst du hierher?" Sie: „Ich bin zufällig hier hereingeschneit, weil meine Straßenbahn nicht kam. Ich war eigentlich viel zu müde. Aber nun hat es sich ja doch gelohnt." Abrupt lässt er ihre Hand los, so, als wäre ihm diese Andeutung eines Gefühls unangenehm. „Aha, da ist es wieder", denkt Greta. Wenn Nähe oder Emotionen ins Spiel kommen, wird es heikel für ihn.

Und sie hatte damals aus seinem Umfeld, wo sie sich dezent über ihn erkundigt hatte, entsprechende Einschätzungen erhalten: völlig frei von Empathie, eiskalt, geht über Leichen, Karrierist! Dabei hatte sie ihn doch durchaus nah und warm erlebt.

Das war, als sie nebeneinander in Hotelbademänteln auf dem Sofa seiner Suite gesessen hatten. Sie lehnte sich an ihn, und diese Nähe gefiel ihm in dem Augenblick offensichtlich sehr. Er schlang seinen Arm um sie, zog ihren Kopf zärtlich an seine Schulter und streichelte ihr Haar. Während sie sich so nahe waren, zitierte er mit seiner rauen Stimme leise ein Gedicht von Schiller auswendig. Das passe zu ihr:

DAS MÄDCHEN AUS DER FREMDE

In einem Tal bei armen Hirten
Erschien mit jedem jungen Jahr,
Sobald die ersten Lerchen schwirrten,
Ein Mädchen, schön und wunderbar.

Sie war nicht in dem Tal geboren,
Man wusste nicht, woher sie kam,
Doch schnell war ihre Spur verloren,
Sobald das Mädchen Abschied nahm.

Beseligend war ihre Nähe
Und alle Herzen wurden weit;
Doch eine Würde, eine Höhe
Entfernte die Vertraulichkeit.

Sie brachte Blumen mit und Früchte,
Gereift auf einer andern Flur,
In einem andern Sonnenlichte,
In einer glücklichern Natur,

Und teilte jedem eine Gabe,
Dem Früchte, jenem Blumen aus;
Der Jüngling und der Greis am Stabe,
Ein jeder ging beschenkt nach Haus.

Willkommen waren alle Gäste,
Doch nahte sich ein liebend Paar,
Dem reichte sie der Gaben beste,
Der Blumen allerschönste dar.

Ob das wohl das einzige Gedicht war, das er auswendig konnte und bei solchen Gelegenheiten immer vortrug, um mit klassischer Bildung Eindruck zu machen? Das war Greta in dem Augenblick egal. Nur, wieso passte das Gedicht gerade auf sie?

Sie sah in der Schiller-Gesamtausgabe, die sie geerbt hatte, zu Hause noch einmal nach, ohne wirklich weiterzukommen. Erst als sie in der Biografie von Hannah Arendt las, dass es auch ihr Lieblingsgedicht gewesen war, ahnte sie, was er damit gemeint haben könnte. Denn wie Hannah Arendt fühlte sie in sich die Widersprüchlichkeit als beruflich erfolgreiche Intellektuelle einerseits und liebende (und emotional schnell abhängige) Frau andererseits.

Während sich die Vernissage-Besucher in der Halle um herumgereichte Häppchen und volle Weingläser balgen, tritt er einen Schritt zurück und schaut Greta von oben bis unten an: „Toll siehst du aus!" „Danke." So oft bekommt sie keine Komplimente mehr, es tut ihr gut, selbst wenn es reine Routine wäre. Und bei ihrer allerletzten Begegnung vor zwanzig Jahren hatte er das genauso gesagt: „Toll siehst du aus, wirklich toll."

… bei einem der sogenannten „Tourismusgipfel" in Berlin, im Hotel „Adlon" Unter den Linden. Die Branchengrößen und ihr Gefolge aus den großen Tourismusunternehmen, Verbandsfunktionäre, Politiker und alle anderen, die sich für wichtig hielten, trafen sich damals jeden Herbst in Berlin. Das Hotel „Adlon" mit seinem goldenen Protz und Prunk musste es als Rahmen schon sein. Komisch, wie selbst die erfolgreichen Tourismusunternehmer nach politischer und medialer Anerkennung gierten. Die wurde ihnen selbst dann noch vorenthalten, als die wirtschaftliche Größenordnung der Tourismuswirtschaft an die der Automobilindustrie heranreichte. Aber es war eben lange so gewesen: Reisen zum Vergnügen blieben in diesem klassischen Land der Arbeitsamkeit und Ernsthaftigkeit die „schönste Nebensache der Welt".

Ähnlich war es ja auch an den Hochschulen gewesen. Gretas BWL-Kollegen verunglimpften ihre Kollegen im Tourismusmanagement schon mal als „Kotelett-Professoren".

Eine so prominente Location für einen Kongress wie das Hotel „Adlon" sollte das Image der Branche verbessern, vor allem aber auch interessante Keynote Speaker aus Wirtschaft und Politik anlocken. Die Rechnung ging auf. Sie kamen, die Minister, die Vertreter von Spitzenverbänden, die CEOs großer Unternehmen, und die Touristiker sonnten sich in ihrem Glanz. Medizin gegen den Minderwertigkeitskomplex. Das Sekretariat des Berliner Tourismus-Branchenverbandes verkündete schon Monate vorher stolz, welche Celebrities man für das Kongressprogramm hatte engagieren können. Ganz gleich wie gut oder schlecht sie redeten – nur die Tatsache, dass diese oder jene ökonomische oder politische Berühmtheit überhaupt auftrat, zählte. Als der damalige Topmanager einer Kaufhauskette auf das Rednerpult zuschritt, flüsterte der Geschäftsführer des Branchenverbandes, der zufällig neben Greta saß, ihr stolz zu: „Jetzt können Sie mal einen echten Spitzenmann erleben, Frau Professor!" Wenige Jahre später hatte dieser „Spitzenmann" einen Konzern an die Wand gefahren und war im Gefängnis gelandet.

Vor Beginn des offiziellen Vortragsprogramms pflegte sich das Publikum in der hellen, mit Wandgemälden und Portieren überladenen Vorhalle zum großen Saal zu versammeln. Ein hochherrschaftliches Ambiente, auch gut für das Selbstbewusstsein. Der Raum brummte vor freudiger Erwartung auf die großen Reden.
Greta hatte ihn fast zwei Jahre lang weder gesehen noch gesprochen, aber es war klar, dass er hier auftauchen würde. Da schob er sich auch schon durch das mit Small Talk beschäftigte Publikum, unverkennbar in seiner Körpergröße mit der leicht schrägen Kopfhaltung und charmantem Lächeln – und bewegte sich in ihre Richtung! Ihr Herz klopfte wie wild, aber er ging vorbei und schien sie nicht bemerkt zu haben. Wie gelähmt blieb sie in ihrer Fensternische kleben. Das konnte ja wohl nicht wahr sein. Er musste doch den Brief erhalten haben, den sie ihm – nach langem Zögern – einige Monate zuvor geschrieben hatte. Darin hatte sie ihre damaligen Gefühle für ihn offen zugegeben, klargemacht, dass die Geschichte für sie zu Ende sei, sich aber gewünscht, dass sie freundschaftlichen Kontakt hal-

ten sollten. Klar, mit diesem Brief hatte sie sich verletzlich gemacht. Er hatte bis heute nicht geantwortet.

Endlich öffneten zwei livrierte Saaldiener die Türen zum Vortragssaal. Das Publikum drängte hinein. Greta konnte nicht anders, sie schlängelte sich gezielt durch die Menge neben ihn. „Hallo!", sprach sie ihn von der Seite an, als er gerade stehen bleiben musste, weil es vor ihm nicht weiterging. Keine Reaktion. Plötzlich drehte er sich aber doch zu ihr hin und sagte leise: „Du siehst toll aus!", und dann noch einmal: „Wirklich, du siehst toll aus!" Und sie: „Danke, von dir höre ich das gerne." Und dann er: „Deinen Brief habe ich bei mir, oben im Zimmer." Das war's. Er strebte durch den Mittelgang der Stuhlreihen nach vorn in die erste Reihe zu den VIPs, ohne sie weiter zu beachten, während sie sich einen Platz weiter hinten suchen musste.

Die auf die Vorträge folgende Veranstaltung im Ballsaal des „Adlon" nannte sich „Berliner Abend": Buletten, Bier und Small Talk. Greta suchte ihn unauffällig zwischen den vielen lebhaften Grüppchen. Sie hatte nach ihren gelegentlichen Begegnungen bei einschlägigen Events in den letzten Jahren verstanden, dass er in der Öffentlichkeit keinerlei Nähe zu ihr zeigen wollte. Greta fand das ziemlich albern. Schließlich hatte sie mit manchen Herren der Fachszene ein herzliches Verhältnis, und die hatten auch kein Problem damit, sie vor anderen Leuten mit Umarmung oder Wangenkuss zu begrüßen. Einige waren sogar stolz darauf, dass sie sich so mit ihnen zeigte. Sie hatte sich nie Gedanken darüber gemacht, was hinter ihrem Rücken so geredet wurde. Sie kannte natürlich die bösen Unterstellungen, die beruflich erfolgreiche Frauen in dieser Männerwelt begleiteten, von „setzt weibliche Reize gezielt ein" bis „hat sich hochgeschlafen". Für das Erste schämte sie sich nicht, das Zweite traf schlicht nicht zu.

Auch Greta hatte, wie alle Frauen in anspruchsvollen Berufen, doppelte Leistung bringen müssen, um anerkannt zu werden.

Die „gläserne Decke" hatte sie trotzdem nicht wirklich durchstoßen können. Schließlich hatte sie niemanden, der ihr „den Rücken freihielt", sodass sie sich ganz auf ihren Beruf konzentrieren konnte, wie die meisten erfolgreichen Männer. Viele Toppositionen, die sie gereizt hatten, wären mit Ortswechseln oder Pendeln verbunden gewesen, einige Angebote sogar außer Konkurrenz. Jeder Mann hätte sofort zugegriffen. Aber sie traute sich weder den Stress zu noch wollte sie ihre Familie vernachlässigen. Typisch Frau.

Greta langweilte sich durch den „Berliner Abend" in dem dunklen, muffigen Saal. Small Talk war einfach nicht ihr Ding. Zwischen den an den Stehtischen lebhaft zueinander gebeugt redenden oder langsam mit dem Glas in der Hand durch den Saal streifenden Menschen, in der Mehrzahl Männer, sah sie ihn plötzlich dem Ausgang zustreben. Es schien, als wollte er die Veranstaltung verlassen. Sie folgte ihm unauffällig und wollte ihn stellen, gleichgültig, was er davon hielt. Wie zufällig kreuzten sich ihre Wege kurz vor der offen stehenden Flügeltür, und er blieb stehen, mit ziemlich genervter Miene. Greta traute sich trotzdem, ihn zu fragen, warum er sich nie mehr gemeldet hatte, auch auf ihren Brief hin nicht. Er redete sich routiniert mit den vielen Terminen und dem Stress im Job heraus. Immerhin versprach er, sie bald anzurufen. Greta wusste, dass das reine Beschwichtigungstaktik war, und erwiderte, sie glaube das nach all den geplatzten Verabredungen in den letzten Jahren nicht. Er, geradezu aggressiv: „Soll ich den Notar holen und das beeiden?" Zum x-ten Mal schrieb er ihre Handynummer, die sie nie gewechselt hatte, auf einen Zettel, den er aus der Jackentasche holte. Er hielt den Zettel noch in der Hand, als er ohne Abschiedsgeste durch die Flügeltür den Gang hinuntereilte, ja fast flüchtete. Irritiert blieb Greta allein zurück, merkte, dass sie beobachtet wurde, und mischte sich noch einmal unter die Menge. Aber sie war so aufgewühlt, dass sie mit niemandem ein halbwegs vernünftiges Gespräch führen konnte, und ging lieber in ihr Hotelzimmer ein Stockwerk höher.

Am nächsten Vormittag hastete sie gerade auf dem Trottoir Unter den Linden mit ihrem Rollköfferchen zum Flughafenbus, da rief er tatsächlich auf dem Handy an! Wenn er von seiner Geschäftsreise aus den USA zurück sei, wollte er mit ihr essen gehen. Fest versprochen! Darauf hatte Greta monatelang gewartet – und irgendwann war es ihr egal – redete sie sich jedenfalls ein.

Heute, zwanzig Jahre später, wie er so unerwartet hier im Museumsfoyer vor ihr steht, würde Greta nämlich sofort mit ihm essen gehen.

„Und du wirst einfach nicht älter", gibt Greta sein Kompliment zurück, obgleich es nicht ganz stimmt. Die Jahre haben in seinem Gesicht doch Spuren hinterlassen – wie in ihrem natürlich auch. Er strahlt nicht mehr ganz so wie früher, er wirkt sogar etwas angeschlagen. Dieses Strahlen hatte ihm damals in der Branche viele Türen (und Herzen) geöffnet, aber auch viel Neid beschert. Die Attitüde des Alphatiers, vor allem in der Körpersprache, hat er allerdings noch drauf. Auf jeden Fall: ein attraktiver Mann.

Schweigen. Sie wartet auf ein Wort von ihm. Würde er sie jetzt fragen, was sie nach diesem Empfang vorhat? Ist er mit seiner Frau da, hat er sie überhaupt noch? Da sagt er: „Komm, nehmen wir uns einen Wein und gehen dahinten an die Seite. Es ist schön, dich wiederzusehen." „Hey, das ist ja ein Riesenfortschritt", denkt Greta, „er trinkt Wein und zeigt sich mit mir in der Öffentlichkeit!" Damals hatte er nur Wasser getrunken.

Greta muss an den Beginn ihrer Affäre denken, einige Jahre nach ihren ersten Begegnungen in Wien und auf der ITB.
    Wieder einmal eine Jahrestagung der Touristikbranche, diesmal in einem Fünf-Sterne-Kongress-Hotel auf Mallorca. Als Auftakt leistete sich die Branche sogar einen Gottesdienst in der Kathedrale von Palma. Die Unternehmer und Manager zogen fast triumphierend in die Kirche ein. Seit 1980 hatte die Branche fünfzehn Jahre lang ungebremst geboomt, und Mallorca

war ein Lieblingsziel der Deutschen. Das feierten die Erfolgsverwöhnten im Licht der riesigen gotischen Rosette der Kathedrale.

Abends gab es bei diesen Kongressen immer ein interessantes Event, eine Show oder ein Galadinner in ganz besonderen Locations. Diesmal einen Flamenco-Abend. Auf die Kongressteilnehmer warteten vor dem Hotel Busse für den Transport. Der Einstieg in die Busse wurde ordentlich mit Absperrungen kanalisiert, und auch Greta wartete in einer Schlange. Plötzlich schlenderte er lässig von der Seite heran, schaute sich kurz um, steuerte auf sie zu, beugte sich über die Absperrung und fragte sie vor allen Leuten leise: „Legen Sie Wert auf das Abendprogramm?" Greta fand das ziemlich dreist, aber sehr, sehr reizvoll, und flüsterte „Nein!" „Wir treffen uns nachher in meiner Suite!", murmelte er und ging lässig zum Hotel zurück.

Sie musste nun eine gute Ausrede finden, um sich aus der Warteschlange zu lösen. Vor und hinter ihr warteten Bekannte und Kollegen, mit denen sie sich eigentlich für den Abend verabredet hatte. Sie mochte ihnen gegenüber nicht unhöflich sein. Aber ihre Neugier auf ihn war stärker. „Ich hab was in meinem Zimmer vergessen!", stieß sie nach einer angemessenen Zeit hervor, löste sich aus der Reihe, schlüpfte unter der Absperrung hindurch und eilte zum Hoteleingang. Natürlich hatten die Kollegen diesen kurzen Dialog beobachten und sich ihren Teil denken können. Das aber war Greta in dem Moment egal.

Sie hastete durch die riesige Halle des Tagungshotels zum Fahrstuhl in die VIP-Etage und in ihr Zimmer. Kaum in der Tür, bemerkte sie das rote Licht für „Nachricht" am Telefon auf dem Schreibtisch. Sie drückte die Taste und hörte seine raue Stimme, die sie von Anfang an fasziniert hatte. Er nannte eine Zimmernummer, nur ein paar Türen weiter.

Greta konnte sehen, wie die Busse einer nach dem anderen gerade vom Vorplatz des Hotels starteten. Ein ganz kleines bisschen bekam sie ein schlechtes Gewissen, dass sie sich so davongestohlen hatte. Dagegen stand allerdings ihre Lust auf einen Flirt, auf ein Spiel mit unbekanntem Ausgang.

Schnell noch ein Blick in den Spiegel: langer schwarzer Flatterrock, weiße, weich fallende Bluse, glatt frisiertes, halblanges braunes Haar, leider eine Intellektuellen-Brille, aber sonst alles okay. Tief durchatmen und los zur angegebenen Zimmernummer.

Seine Suite hatte eine Klingel, Greta drückte und hörte drinnen das Ding-Dong. Mit einem charmanten Lächeln – oder war es triumphierend? – öffnete er die Tür. Ein riesiger Raum öffnete sich vor ihr: Esstisch mit Stühlen, Sitzgruppe mit zwei Sofas und Fenster bis auf den Boden, die den Blick über eine weitläufige Terrasse bis zum Meer freigaben. Teppichboden zum Versinken, Schlafzimmer separat. Vom Ambiente her war das wohl genau das, was Topmanager ohne viel Wohnkultur unter Luxus verstehen. Gretas Geschmack war es nicht, zu plüschig. Aber jetzt war ihr das erst einmal egal.

Er hatte beim Zimmerservice Tapas bestellt, da sie beide nun ja das offizielle Dinner vor der Show versäumten. Die standen schon auf dem Tisch. „Was trinken Sie?", fragte er. „Zu den Tapas gerne ein Glas Wein", antwortete Greta. Er hockte sich vor die Minibar am Sofa und klaubte eine kleine Flasche Weißwein und ein Wasser hervor. Dabei murmelte er, vor dem Schränkchen hockend, er trinke ja nie Alkohol. Ob er, wie so viele Topmanager, ein Alkoholproblem gehabt hatte und nun abstinent war?

Sie setzten sich an den schweren Mahagoni-Esstisch auf die goldenen, mit weinrotem Samt gepolsterten Stühle über Eck. Der Stoff kratzte Greta durch den Rock hindurch. Die Tapas waren labbrig und schmeckten nach nichts. Wenigstens der Weißwein war kalt.

Sein dunkelgraues Business-Jackett hatte er über eine der anderen Stuhllehnen am Tisch gehängt und räkelte sich nun auf seinem Stuhl am Kopfende des Tisches lässig im weißen Slimfit-Oberhemd mit aufgekrempelten Ärmeln. Ein gut durchtrainierter Oberkörper, stellte Greta mit einem Seitenblick fest.

Seine festen, aschblonden Haare waren etwas strubbelig, was ihr wesentlich besser gefiel als die sonst akkurat gescheitelte Kurzhaarfrisur.

Während er sich noch eine Tapa auf seinen Teller holte, fragte er Greta – wieder mit diesem intensiven Blick aus den grauen Augen: „Was machen Sie, wenn Sie keine Vorträge halten?"

Schon lange hatte niemand mehr so direkt Interesse an ihr gezeigt. Ihr Mann redete nur von sich, wie so viele Männer. Sie hatte fast schon verlernt, über sich zu sprechen. Entsprechend zurückhaltend erwähnte sie ihr kleines Beratungsbüro und ihren Hochschuljob – und gab kaum Privates von sich preis.

Denn sie wollte ihr anderes Leben außen vor lassen. Sie empfand es nicht als das bessere. Im Beruf blühte sie auf, da fühlte sie sich anerkannt und wohl, konnte sie selbst sein. Im Privaten kam sie sich irgendwie entfremdet vor. Ihr Mann hatte es fertiggebracht, dass sich alles nur um ihn drehte, ein Egozentriker par excellence. Sie hatte sich um des lieben Friedens willen zu Hause immer mehr angepasst. Dass sie sich dabei langsam verlor, war ihr zu spät aufgegangen. Immer wieder hatte sie versucht, ihn zu verlassen, aber es gab dann doch ein Band zwischen ihnen.

Greta erwähnte allerdings kurz ihre Tochter. Die baute sie immer, wenn es irgendwie passte, auch in ihre Vorträge ein, aus rein taktischen Gründen: In der Männerwelt, in der sie sich bewegte, half die Erwähnung ihrer Rolle als Mutter, um die geläufige Ablehnung als Intellektuellen-Emanze abzumildern.

Nun war er dran. Er erwähnte kurz seine Jobs in ganz Europa: Rom, Paris, London, er sprach fließend Italienisch, Französisch, Englisch sowieso, auch in den USA habe er kurz gearbeitet, wobei es ihm dort besonders gut gefallen hatte. Er gab nicht an, sondern erzählte alles eher beiläufig. Ein Mann von Welt ohne Allüren – allerdings nur scheinbar, wie sie später feststellen sollte.

Auch seine Familie kam nur in der kleinen Bemerkung vor, dass er eigentlich seine Frau hatte mitnehmen wollen, es dann aber doch gelassen habe. (Greta hatte ihren Namen schon auf der Teilnehmerliste gesehen, die sie sofort nach ihrer Ankunft routinemäßig gecheckt hatte.) Dass er einen erwachsenen Sohn hat, sollte Greta später von Dritten erfahren, und auch den Grund, warum er ihn vermutlich verschwiegen hatte: Vater und Sohn sprachen schon seit Jahren nicht mehr miteinander. Die Ehefrau entdeckte Greta einige Monate später auf einem Foto in der GALA, in einem Bericht über ein Society-Event. Eine schlanke, mittelalte Frau mit halblangen dunklen Haaren im blauen Cocktailkleid, die neben ihm, dem Strahlemann im Smoking, etwas verspannt in die Kamera lächelte.

Nach einer Weile klagte er über Kopfweh, und Greta bot ihm an, seine Stirn zu massieren. Damit kannte sie sich von ihrer letzten Ayurveda-Kur aus. Sie wechselten vom Esstisch zu einem der Sofas. Er sank in dem safrangelben Polster des Doppelsitzers tief ein und ließ seinen Kopf nach hinten auf das weiche Rückenkissen fallen. Greta schob sich hinter die Lehne, massierte sanft seine Stirn und streichelte seinen verstrubbelten Schopf glatt.

Er seufzte leise vor Wohlbehagen und schien kurz vor dem Einschlafen. (Wenn sie sich heute erinnert, war er bei den wenigen Malen, die sie sich in den Jahren ihrer Affäre abends allein in irgendeinem Hotel gesehen hatten, eigentlich immer kurz vor dem Einschlafen gewesen.) Aber plötzlich: „Wollen wir nicht Du sagen?" „O. k., ich bin Greta. Deinen Vornamen kennt ja jeder."

Unerwartet stand er auf und zog sie nach nebenan auf sein Bett im Schlafzimmer der Suite. Sie erkundeten ihre Körper gegenseitig halb angezogen, aber schliefen nicht miteinander. Er hatte eine Narbe auf dem Rücken, Greta küsste sie. Er streichelte ihren Bauch. Die erotische Spannung war fast unerträglich.

Greta wollte es bei diesem Spiel belassen. Wenn sie mit diesem Mann schliefe, würde es für sie viel zu ernst werden. Das spürte sie intuitiv. One-Night-Stands kamen für sie ohnehin nie infrage. Eine Freundin hatte ganz richtig gesagt: „Where women put their body, they put their soul." Das traf zu, jedenfalls für sie.

Am Morgen, als Greta total irritiert auf der Bettkante in ihrem Hotelzimmer hockte, spürte sie, dass sie ihre Seele jedenfalls schon ein wenig verloren hatte. Leichte Verwirrung und ein Kloß im Bauch.

„Mist", seufzte sie. Und dann: „Also, ich muss das absolut low-key fahren ..." Damit war vor einiger Zeit der Manager eines kritischen Hotel-Projektes ihrer Frage nach dem Stand der Dinge ausgewichen, weil wohl vieles unklar und politisch schwierig war. Deshalb sprach man nicht über das neue Projekt. Low-key wurde dann auch ihr Motto für diese Affäre, denn über die Jahre sprach sie mit niemandem darüber und musste im Alltag ja auch ihre Gefühle im Zaum halten.

Endlich haben sie sich in einem Seitengang des Foyers dem hohen Geräuschpegel in der Halle entzogen. Vom Tablett einer vorbeigehenden Hostess hat jeder ein Glas Weißwein ergattert. Nun stehen sie an der Brüstung zum offenen Untergeschoss gelehnt, wo die historischen Autos der „Neuen Sammlung" ausgestellt sind, und schweigen sich an. Verlegenheit, Erwartung? Schließlich er: „Was hast du gemacht in all den Jahren?" Greta zuckt die Schultern. Soll sie mit ihrer Karriere, ihren Positionen und Erfolgen angeben? Sie kann heute noch schlechter über sich selbst reden als damals. Ihr Mann hat ihr das vollkommen abgewöhnt. Sie musste ihn manchmal sogar fragen, ob sie etwas sagen darf, wenn sie in Gesellschaft waren, wie eine Pennälerin. Meistens redete er. Wenn sie auch einen Beitrag zur Konversation lieferte, bekam sie hinterher den Vorwurf, dominant gewesen zu sein. Jetzt, wo sie allein lebt, könnte sie ja allenfalls ihrem Hund von ihrem Leben erzählen.

Mit leichtem Herzklopfen stellt Greta fest, dass es ihr all die Jahre definitiv nicht gelungen ist, ihn ganz zu vergessen – trotz „low-key". Sie hat nicht viele Männer in ihrem Leben geliebt. Er gehört eindeutig dazu. Nun ringt sie sich durch zu sagen: „Ich habe gelebt, gearbeitet, Erfolge und Misserfolge gehabt. Und ich habe versucht, dich zu vergessen." Er schweigt und sein bisher glatter Gesichtsausdruck bekommt für eine Sekunde einen kleinen Riss. Aus Betroffenheit? War sie wieder zu emotional gewesen? Da fängt er sich und erzählt: „Ich war lange in den USA, von dem Haus an der Westküste habe ich dir damals wohl erzählt. Wir mussten es aufgeben, weil es bei einem der vielen Waldbrände in den letzten Jahren stark beschädigt wurde und wir nicht noch einmal neu anfangen wollten. Hab jetzt hier in Deutschland eine kleine Beratungsfirma – man braucht ja was zu tun."

Gerade kommt eine junge Frau vom Catering-Service mit einem Tablett Fingerfood vorbei. „Willst du?", fragt Greta und greift nach einem Lachshäppchen. Er hebt den Daumen zustimmend, und sie reicht ihm eines.

Diese Geste …

Nach ihrem zärtlichen Abend in Mallorca fragte er sie an dem kleinen Frühstücksbüfett in der VIP-Etage flüsternd, über Schüsseln mit Obstsalat und geeisten Butterstückchen, ob sie sich am Abend wiedersähen. Sie nickte kurz und er machte diese Geste: Daumen nach oben. Wieder versäumten sie ein tolles Abendprogramm. Ihre zweite Abwesenheit wurde von dem einen oder anderen Klatschmaul bestimmt bemerkt. Egal.

Als sie abends an seiner Zimmertür klopfte, öffnete er in dem damals in Luxussuiten selbstverständlichen weißen Bademantel und umarmte sie zärtlich. Greta hatte sich ein leichtes indisches Gewand übergeworfen, das einzige Mal in all den Jahren, dass er sie in etwas anderem als ihrem Business-Outfit gesehen hat. Er führte sie an der Hand zu den beiden weiß gepolsterten Liegen auf der Terrasse mit Blick auf das Meer. Ein lauer Abend, auf dem Wasser glitzerten Lichter von Booten. Greta hätte so gerne Champagner getrunken, aber er bot nur Wasser an. Auch gut. Sie blickten auf den Liegen nebeneinander in die Dunkelheit über dem Meer – schweigend. Hin und wieder nahm er ihre Hand. Sie waren sich nah, ohne Worte. Sonst passierte nichts. Als Greta aufstand, brachte er sie zur Tür. Bei der Umarmung zum Abschied flüsterte er ihr ins Ohr: „Schlaf gut." Und: „Ich hätte nie gedacht, dass du so weich sein kannst."

Der nächste Morgen. Greta brauchte Abkühlung. Zum Pool musste sie den kleinen Frühstücksraum zum Fahrstuhl queren. Da saß er mit Geschäftspartnern an einem kleinen Tisch. Offensichtlich eine Verhandlung, Business as usual.

Sie wagte die Provokation und ging, nur im schwarzen Badeanzug und um die Hüften drapiertem buntem Pareo ziemlich dicht an den Herren vorbei – und hoffte, dass er ihr begehrlich nachschaute. Hinter ihr hörte sie, wie zwei Herren an einem der anderen Tischchen ihre Bemerkungen machten: „Erstaunlich gute Figur für eine Intellektuelle!" und: „Kann die auch schwimmen oder nur klug schwätzen?" Greta kannte das zu gut, darüber konnte sie nur lachen. Die ultimative Steigerung wäre gewesen: „Die gehört mal richtig durchgevögelt!" Hatte sie auch schon hören müssen.

Am dritten Kongresstag gab es noch Vorträge zu Spezialthemen. Greta nahm aus Höflichkeit teil, konnte aber nur unkonzentriert folgen. In den Pausen suchte sie ihn in der Menschenmenge im Foyer. Kurz entdeckte sie ihn im Gespräch mit der rothaarigen Chefin einer Reisebürokette. Ob die auch wusste, wie sein Körper unter dem Sommeranzug aussah? Später sollte der Branchenklatsch ihr zutragen, dass sie es tatsächlich wissen musste. Er hatte ihr, nachdem er die Affäre mit ihr beendet hatte, über seinen Einfluss in der Branche diesen Job vermittelt.

„Eine kleine Beratungsfirma?", fragt Greta nach. „Was machst du da genau?" Er: „Investitionen in Firmen und so ..." „Na, jetzt ist er unter die Heuschrecken gegangen. Wäre ihm ja zuzutrauen", denkt Greta, sagt aber nur: „Aha ..." Da nimmt er plötzlich noch einmal ihre Hand und murmelt kaum hörbar: „Ich habe mich damals wohl nicht gut benommen. Ich war gefangen in Zwängen, die du nicht kennen konntest."

Greta hatte sich in den vergangenen Jahren häufig gefragt, warum er sich so verhielt, immer dieses Hin und Her zwischen Nähe und Distanz. So viele Gelegenheiten, wo er vergeblich versicherte, morgen anzurufen. Geplatzte Verabredungen, in letzter Minute abgesagt. Wie oft hatte sie eigens ihre auswärtigen Termine so gelegt, dass sie sich an einem Ort, wo auch er zu tun hatte, hätten treffen können – und musste alles umwerfen. Nie wusste sie: Traut er sich nicht oder kann er wirklich nicht?

Irgendwann war Greta davon überzeugt, dass er vor seinen Gefühlen davonlief. Lieber nicht lieben oder geliebt werden, es könnte ja wehtun. Woher das kam, hatte sie nie herausbekommen.

Ihre damaligen Verletzungen will Greta jetzt nicht zugeben. „Lass uns einfach alles vergessen", erwidert sie stattdessen, „es ist doch so lange her." „Ja, das ist es leider, und es war sehr schön mit dir", antwortet er und blickt zu Boden. Schweigen und verlegenes Nippen am Weinglas. Greta hat nun doch den Eindruck, dass es ihm peinlich ist, mit ihr allein gesehen zu werden.

So ein smarter Typ wie er hatte sicher viel Neid auf sich gezogen. Die Touristikbranche zeichnete sich komischerweise nicht durch guten Geschmack aus, obgleich sie ja eigentlich Schönheit verkaufen wollte – jedenfalls in der Werbung. Dickerchen in schlecht sitzenden Anzügen dominierten die Chefetagen, Frauen nur in den untergeordneten Positionen. Sicher traf auch dort zu, was Greta kürzlich gelesen hatte: In den Topetagen von Wirtschaft und Politik gebe es so etwas wie einen männlichen Zickenkrieg der Eitelkeiten, und gut aussehende Männer würden gerne gemobbt, weil sie Erfolg bei Frauen hatten. Vielleicht hatte er das schon erlebt und war auch deswegen in der Öffentlichkeit so vorsichtig, sich mit anderen Frauen als der offiziell angetrauten Ehefrau zu zeigen.

Genau so war es bei einem der jährlichen Abendempfänge mit Vortrag bei einer großen Versicherungsgesellschaft gewesen – ein Must für die CEOs und andere Wichtige der Tourismusbranche. Greta war, warum auch immer, ebenfalls eingeladen, und er natürlich auch. Bevor man sich zum Essen im umgeräumten großen Sitzungssaal an die Tische mit Blick auf das Rednerpult setzte, gab es in den Nebenräumen immer einen Stehempfang. Alle schwirrten umeinander herum, begrüßten den einen oder anderen, um dann zum nächsten Kontakt zu ziehen. Er mittendrin in seiner unverkennbaren schräg zur Seite gebeugten Körperhaltung, charmant lächelnd. Wie gewohnt begab Greta sich nicht in das Gedränge, sondern stand etwas abseits. Sie wartete, dass auch er sie bemerken und zu ihr kommen würde. Es war erst ein paar Wochen her gewesen, dass sie sich in einem Hotel getroffen und zwei sehr nahe, intime Stunden verbracht hatten. Er musste sie gesehen haben – aber er kam nicht zu ihr, wie üblich, wenn viele andere Leute im Raum waren.

Zum Essen schleppte sie ein Bekannter an einen Tisch in der Nähe des Vortragspultes mit. Das war Greta gar nicht recht, aber sie konnte schlecht ablehnen, weil es ein wichtiger Auftraggeber für ihr Büro war. Und der versuchte auch noch, mit ihr zu flirten! Ohne Erfolg allerdings. Greta stand unter Spannung.

Denn er saß zwei Tische weiter hinten, Greta mit dem Rücken zu ihm. Kaum eine Möglichkeit, während des nicht besonders inspirierenden Vortrags vor dem Dinner wenigstens Blicke zu tauschen. Greta konnte es dann doch nicht lassen und drehte sich einmal wie zufällig während des Vortrages nach hinten um. Sie prosteten sich mit erhobenen Gläsern zu, er natürlich mit Wasser. Sein Blick war intensiv und sehr ernst, fast traurig. Ob er etwa eifersüchtig auf ihren Bekannten war und vielleicht doch lieber mit ihr zusammengesessen hätte? Eigentlich traute sie ihm ein Gefühl wie Eifersucht gar nicht zu.

Bevor das Essen serviert wurde, entschuldigte sie sich bei ihrem Verehrer und ging durch den Mittelgang des Saales zwischen den Tischen durch auf die Toilette, in der Absicht, nah an ihm vorbeizugehen und ihm wenigstens zuzulächeln. Vielleicht würde er sogar nach einer Weile hinter ihr her nach draußen kommen! Da war sein Platz leer, die Serviette zusammengeknüllt auf dem Teller, das Wasserglas noch halb voll. Draußen in der Vorhalle war er nicht. Er war einfach gegangen.

Er unterbricht ihre Erinnerung: „Ich muss jetzt weg, Abendessen mit dem Kuratorium." „Aha, die übliche Flucht", denkt Greta. Aber er fragt noch: „Darf ich dich anrufen und zum Essen einladen, wenn ich wieder in der Stadt bin? Hast du noch die gleiche Handynummer?" Greta gibt ihm ihre Karte und verkneift sich die Bemerkung, dass er die seit Jahren gleiche Nummer schon so oft erfragt hat und dann doch wieder nicht anruft. Nur kurz nach Mallorca hatte er häufiger ganz überraschend angerufen.

Dieser erste Anruf erwischte Greta im Auto auf dem Weg zur Hochschule. Sie hätte beinahe einen Unfall gebaut vor Aufregung, kurz vor einer engen Unterführung. Da ihr Handy noch ganz neu war, hatte sie keine Übung darin, im Auto zu telefonieren, was dann später ja zu Recht verboten wurde.

Wenig später rief er aus den USA an, am Morgen von Heiligabend – in Gretas Familie immer eine kritische Zeit voll Spannung und Stress (Kühlschrank füllen, Betten beziehen, Tee für den grippekranken Gatten kochen, Plätzchen arrangieren, an die Tischdekoration denken etc.). Sie war gerade dabei, im Keller etwas für das Weihnachtsmenu aus der Tiefkühltruhe zu holen, als ihr Handy in der Schürzentasche klingelte. Auf seine Frage, was sie gerade mache, konnte sie in diesem Augenblick wirklich nicht von einem interessanten Projekt erzählen, um in der ihm bekannten Rolle der „professional woman" zu bleiben. Sie erzählte also nur, dass sie sich gerade um das Essen für die Feiertage kümmere. Das fand er wohl nicht spannend. Sein übliches „You made my day!" am Ende des Gesprächs klang etwas schlapp, trug Greta aber trotzdem über die anstrengende Familienzeit.

Er hebt ihre Hand zu sich hoch, haucht einen angedeuteten Kuss darauf, dreht sich um und verschwindet zwischen den Blazern und Kostümchen in der Haupthalle des Museums. Greta blickt ihm verwirrt nach. Sie fühlt sich ebenso allein gelassen wie damals im Ballsaal des Hotels „Adlon". „Scheißkerl!", murmelt sie in sich hinein. Er geht, mit einigen ihr aus lokaler Politik und

Schickeria bekannten Personen geradezu schäkernd, durch die hohe Glas-Schwingtür des Ausgangs und ist weg. Ganz das alte Alphatier.

Seine Selbstinszenierung als „Alphatier" hatte er damals nach allen Regeln der Kunst betrieben: über ständige Terminüberlastung klagen („Du weißt ja, wie das ist" – nein, wusste Greta nicht, weil sie ihre Zeit gut einteilen und sich Auszeiten gönnen musste, um das Pensum Beruf, Kinder und Ehemann zu schaffen), Name-Dropping („Meeting mit XY – kennst du ja" – nein, kannte sie nicht, weil sie sich nicht überall wichtigmachen musste), Interviews („Lästig, muss aber sein." – Quatsch, er hatte es genossen!), Posten in Gremien („Reine Zeitverschwendung." – Oh nein, macht sich doch gut in der Vita!), zu spät in Sitzungen hereinplatzen („Tut mir leid, komme gerade von einem wichtigen Meeting aus …" – jedenfalls weit weg. Angeber!). Er schob regelrecht eine Aura von Bedeutung vor sich her, wo immer er auftrat. Nur, wenn sie allein mit ihm war, verzichtete er darauf. Vielleicht war er für diese Art von öffentlicher Selbstinszenierung sogar gecoacht worden. Und weil er eben auch noch ausnehmend gut aussah, fand man ihn einfach toll! Bei einer ITB hatte er sogar vor dem Vortragssaal im Internationalen Kongresszentrum, in dem er gerade redete, ein Postkarte mit einem – sehr guten – Foto von sich selbst ausgelegt, mit Vita hintendrauf. Nein, er hatte die Karten natürlich auslegen lassen von einer attraktiven Mitarbeiterin in der Uniform seines Unternehmens, die auch den Eingang bewachte und nicht jeden hineinließ. Denn sich rarmachen, Zugangsschranken aufrichten, auch das gehört zur Selbstinszenierung von Alphatieren.

Und dann die Sitzordnung! Wann immer Greta Gelegenheit hatte, ihn irgendwo zusammen mit anderen Alphatieren zu beobachten, nahm er automatisch den besten Platz ein: das Kopfende des Konferenztisches, den dicksten Sessel in der Gruppe, den Stuhl mit dem besten Überblick über den Saal, immer signalisierend: Ich bin hier Herr der Lage. Einmal hatte Greta allerdings beobachten können, wie er einen Konkurrenten, der sich auf dem besten Platz niedergelassen hatte, wegbeißen wollte, mit eiskaltem Charme. Als es ihm nicht gelang, weil das andere Alphatier stärker war, lehnte er sich mit verkniffenem Mund zurück in seinen Stuhl, beleidigt wie ein kleiner Junge, dem man im Sandkasten sein Förmchen geklaut hat. Sie hatte sich köstlich amüsiert.

Greta ist ziemlich aufgewühlt. Himmel, in ihrem Alter! Über siebzig, und nun gefühlsmäßig zwanzig Jahre zurückversetzt. Aber die Geschichte mit ihm war eben nie richtig abgeschlossen worden. Auch jetzt erinnert sie sich an den Spruch eines indischen Dichters:

„Eine Geschichte, nicht ganz zuende gelebt und nicht am Ende endend, macht beklommen im Herzen."

Beklommen im Herzen – das war ihr Zustand über Jahre gewesen, auch wenn sie es im Alltag geschickt zu überspielen verstand.

Die „Geschichte" hatte sie zu mancher Idiotie verleitet.

Bei einer Abendveranstaltung der Branche in München standen sie und er ausnahmsweise (und natürlich wie zufällig) beisammen und unterhielten sich über die gerade zu Ende gegangene Podiumsdiskussion. Da waren sie sich schon sehr nah gewesen. Er siezte sie trotzdem, damit ja niemand ihre Vertrautheit bemerken könnte. Greta ging darauf ein, fand es aber im Grunde blöd. Natürlich wurden sie beobachtet: der smarteste Typ der Branche mit der attraktiven Professorin – da konnte sich doch jeder seinen Teil denken! Nach ein paar Minuten das übliche, unverbindliche „Wir telefonieren ...", dann, schon im Weggehen, überraschend der hastig geflüsterte Zusatz: „Ich wohne wieder im Hotel am Flughafen. Magst du noch kommen?", und die Zimmernummer. Greta war total überrumpelt gewesen und sagte nichts, weder zu noch ab.

Auf dem Heimweg quer durch die Stadt bog ihr Auto „ganz von allein" an der entscheidenden Kreuzung auf den Autobahnzubringer ab. Die Straße war feucht und neblig, eine mühsame

Fahrt in der Dunkelheit. Wenn Greta einen Unfall gebaut hätte, wäre sie arg in Erklärungsnot gekommen. Zu dieser nächtlichen Stunde allein auf der Autobahn? Endlich kam das beleuchtete Flughafenareal in Sicht, wo sie besser sah. Sie bog in die Hoteleinfahrt ein, stellte das Auto ab und ging schnell zum Aufzug.

Auf ihr Klopfen an seiner Hotelzimmertür öffnete sie sich wie von Geisterhand. Er hatte sich hinter der Tür in der Nische versteckt. Als Greta eingetreten war und sich umsah, umarmte er sie stürmisch von hinten, drehte sie dann zu sich um und küsste sie leidenschaftlich. Greta war total überrumpelt.

Er nahm ihr ihren großen silbernen Armreif und die dazu passende schwere Kette, ihre Lieblingsschmuckstücke, ab, legte sie auf den Tisch in der Mitte des Zimmers und zog sie ins Schlafzimmer nebenan. Trotz der erotischen Spannung signalisierten seine Bewegungen tiefe Müdigkeit. Wie viel Kraft musste dieses Leben ihn kosten! Denn es bestand ja nicht nur aus Alphatier-Gratifikationen, sondern auch aus brutaler Realität: dicht aufeinanderfolgende Pflichttermine, endlose Meetings, Mobilität (morgens Frankfurt, mittags München, abends Hamburg etc.), der ständige Druck, „liefern" zu müssen, und nicht zuletzt die Konkurrenz und die Eifersüchteleien an der Konzernspitze. „Irgendjemand sägt immer an meinem Stuhl", hatte er schon an ihrem ersten Abend zugegeben.

Sie fielen auf das Doppelbett – und er schlief sofort ein. Greta deckte ihn mit der zweiten Decke zu, beobachtete ihn dann noch eine Weile und fand ihn, so entspannt schlafend, sehr sympathisch und liebenswert. Die Fassade des erfolgreichen, harten Topmanagers reichte also nicht bis in seinen Schlaf. Vielleicht hatte er erwartet, dass sie sich zu ihm legte, aber das wäre ihr denn doch zu „normal" gewesen. Also schlich sie sich schnell aus dem Zimmer und fuhr durch die Dunkelheit langsam nach Hause. Ihr Mann war zum Glück auf einer Dienstreise. Sonst hätte sie sich dieses nächtliche Abenteuer wohl auch nicht geleistet.

Überraschend rief er am nächsten Morgen sehr früh in ihrem Büro an. „Flucht", warf er ihr vor – wohl mehr im Spaß. Sie habe auch ihren Schmuck liegen gelassen. Den würde er ihr ganz bald zurückgeben.

Wie lange sie auf den Armreif und die Kette würde verzichten müssen, ahnte Greta nicht. Ihr Mann, der ihr den Schmuck geschenkt hatte, schaute ihr Outfit nie genau an. So bemerkte er nicht, wie lange sie auch seine Lieblingsstücke nicht tragen konnte.

Jetzt aber raus hier! Greta schlängelt sich zum Ausgang des Museums, durch Gläser schwenkende und Häppchenreste verzehrende Menschen, die sich offensichtlich so lange hier herumdrücken wollen, bis der Nachschub auf den von den jungen Hostessen herumgereichten Tabletts versiegt.

Sie tritt in einen lauen Frühherbstabend. Obgleich die Trambahn nun wohl wieder fährt, beschließt sie, zu Fuß zum S-Bahnhof zu gehen. Sie braucht erst mal Ruhe und frische Luft, bevor es in den Zug nach Hause geht.

Vollkommen in Gedanken nimmt Greta die Straßen kaum wahr, auch nicht die Menschen auf dem auch jetzt noch belebten Stachus und nicht einmal den Geruch der Dönerbuden im Bahnhofsviertel. Wie kommt er, der doch gar nicht hier in München wohnt, dazu, im Kuratorium eines Museums für moderne Kunst zu sein? Macht er jetzt einen auf Kultur, weil es gesellschaftlich opportun ist? Für einen Topmanager ist es wohl immer wichtig gewesen, sich beim Small Talk auch über Kunst austauschen zu können. Ein hochkultureller Background, ob Malerei oder Oper, reichert das Gespräch eben mit einem Tiefgang an, den Bilanzen und Börsenkurse nicht hergeben. Außerdem dient Hochkultur in diesen Kreisen der sozialen Distinktion: Schließlich kann sich nicht jeder an Kunstauktionen beteiligen oder sich teure Eintrittskarten leisten. Vernissagen, Festspiele, Opernpremieren, da trifft man seinesgleichen, nicht zuletzt, um das persönliche Netzwerk zu erweitern.

Sie erwischt gerade noch ihren Zug und lässt sich durch die Dunkelheit nach Hause schaukeln. Die Erinnerungen überfallen sie wieder.

Monate nach dem Abend, als er eingeschlafen war und sie ihren Schmuck hatte liegen lassen, konnte Greta die Fassade des erfolgreichen Topmanagers doch einmal bröckeln sehen. Er hatte es zwar zu überspielen versucht, aber es war nur allzu deutlich.

Sie hatte ein Papier zum nachhaltigen Tourismus entworfen. Weil sie mit ihm einige Passagen darin abstimmen musste, welche die Reiseveranstalter betrafen, hatte sie einen offiziellen Arbeitstermin mit seiner Sekretärin ausgemacht. Als politisches Statement seines Branchenverbandes, in dem er natürlich auch im Vorstand war, sollte es dann veröffentlicht werden bzw. vor dem Tourismusausschuss des Bundestages präsentiert werden.

Greta war früher schon einmal im Büro in der Vorstandsetage von AI-Touristik gewesen, bei seinem Vorgänger. Sie marschierte also geradewegs in den Haupteingang der Konzernzentrale in Hamburg. Ein moderner Stahl-Glas-Bau mit einer hohen Mittelhalle, um welche die Büroetagen im Quadrat herumliefen, zwei gläserne Aufzüge zu den fünf Stockwerken. Die Rezeption eine geschwungene Theke aus hellem Holz in der Mitte der Halle. Daneben ein paar üppige grüne Pflanzen in großen Kübeln und eine kleine Sitzgruppe aus quietschgrünen Designersesseln. Hier sollten wohl die Besucher warten, bis sie abgeholt wurden.

Greta meldete sich bei der adretten Rezeptionistin und ging davon aus, dass auch sie, nachdem die Rezeption sein Sekretariat angerufen hätte, von einem Assistenten abgeholt und in die heiligen Hallen der Vorstandsetage begleitet würde. Das gehörte ja auch zur Selbstinszenierung des Alphatiers: Man delegiert den Empfang.

Die junge Dame am Counter forderte sie jedoch auf, durch den Nebeneingang zu dem Seitenbau und dort in den zweiten Stock zu gehen. „Eine vorübergehende Verlegung", erklärte die Rezeptionistin. Das machte Greta noch nicht stutzig. Auch als sie den sehr einfachen, grauen Bau betrat (kein flauschiger Teppich, keine Kunst an den Wänden!), dachte sie sich noch nichts. Sie fand sein Zimmer bzw. sein Vorzimmer im zweiten Stock am Ende eines trostlos grauen Flurs und klopfte. Die ihr vom Telefon schon vertraute, immer sehr verbindliche Stimme seiner Sekretärin rief „Herein". Sie war also mit ihm umgezogen.

Greta trat in den sehr kleinen Raum: Die zwei sich gegenüberstehenden Schreibtische füllten ihn fast gänzlich aus, an dem linken saß die Sekretärin, der rechte war unbesetzt. Ein einziger Stuhl neben der Tür für einen Besucher. Von wegen „Vorstandssekretariat"! Das hatte die Anmutung einer öden Beamtenzelle. „Guten Tag, Frau Professor", begrüßte sie die Sekretärin, „nehmen Sie doch noch einen Augenblick Platz. Der Chef hat gleich Zeit für Sie." Greta setzte sich also auf das Besucherstühlchen.

Gleich links stand die Tür zu einem weiteren kleinen Zimmer offen, und Greta sah ihn mit dem Rücken zu ihr am Schreibtisch über Papiere gebeugt sitzen. Er musste sie doch gehört haben! Aber er rührte sich nicht. Sollte sie wirklich mit Blick auf seinen Rücken warten, bis er geradezu demonstrativ etwas scheinbar sehr Wichtiges auf seinem Schreibtisch erledigt hatte? Das Ritual war ihr zwar vertraut: Alphatiere geben Audienzen, die von ihren Sekretärinnen zugeteilt werden. Aber hier war das ja nun wirklich übertrieben!

Gretas Fehler im Beruf war eindeutig gewesen, dass sie meinte, solche Rituale nicht nötig zu haben. Und sie hatte auch gar kein „Vorzimmer" gebraucht. Ganz selten hatte sie einen Mitarbeiter in ihrem kleinen Büro Vorzimmer spielen lassen („Augenblick, die Chefin spricht gerade" oder „Ich verbinde mit Frau Professor …"), immer dann, wenn sie mit diesem Bedeutungsgehabe den (männlichen) Gesprächspartner beeindrucken musste, weil der nun einmal in solchen Ritualen dachte. Sie hatte ihre Geschäftspartner auch nie aus taktischen Gründen warten lassen, um ihre Wichtigkeit und Überlastung zu demonstrieren. Wenn sie Zeit haben wollte, hatte sie Zeit. Die Weigerung, dieses Spiel mitzuspielen, bescherte ihr zwar einige Nachteile im Beruf. Aber genau das hatte sie ja immer demonstrieren wollen: Frauen arbeiten anders.

Das Telefon der Sekretärin summte. Die nahm ab, wandte sich dann zu ihr und bat sie, nun zu ihm hineinzugehen. Unglaublich! Er hätte sich doch nur auf seinem Stuhl umzudrehen brauchen, um sie durch die offene Tür hineinzubitten! Greta schwante, dass er in dieses kleine Büro irgendwie strafversetzt war, seiner Macht-Insignien beraubt, und nun den Schein wahren wollte – eigentlich erbärmlich. Später stellte sich ihre Vermutung als richtig heraus. Es hatte unglaublich gekracht im Vorstand, was mit seiner Relegation in diese Quasiabstellkammer und dann später ja auch mit seinem Rausschmiss geendet hatte. Er war wegen der wirtschaftlichen Schieflage des Konzerns und einigen Managementfehlern der „Fall Guy" gewesen, der Kopf, der rollen musste.

Schlecht sah er aus, mitgenommen, irgendwie zerzaust – und schwach. Kein Strahlemann. Seine Augen lagen tief in den Höhlen. Der dunkelblaue Zweireiher saß nicht gut. (Seine Anzüge waren immer auf Figur geschnittene Einreiher gewesen.) Die zu breiten Schultern der Jacke ließen ihn irgendwie wie ein gefallener Engel aussehen.

Sie gaben sich brav die Hand. Er hatte die Tür nicht hinter Greta geschlossen, insofern war für ihn kein freundschaftlicher Wangenkuss unter den Blicken seiner Sekretärin möglich. (Greta war sich allerdings sicher, dass die Sekretärin ihre Affektion über all die Jahre am Telefon wohl gespürt hatte.)

Nicht einmal ein separater Besprechungstisch hatte in diese Kammer mit einem Fenster auf den grauen Hof gepasst. Es gab nur einen kleinen runden Appendix an seinem Schreibtisch mit zwei einfachen Stühlen. Immerhin setzt er sich zu ihr und nahm nicht wieder hinter seinem Schreibtisch auf dem schwarzen Ledersessel Platz. Den schwarzen, ledernen Chefsessel hatten sie ihm wenigstens gelassen.

Greta nahm das Papier, das sie bei diesem Termin besprechen wollten, aus ihrer Aktentasche. „Chic", bemerkte er zu der eleganten schwarzen Neuerwerbung, und das taute sie ein wenig auf. Aber zu mehr Persönlichem war er nicht in der Lage. Sie legte ihm sicherheitshalber eine Kopie des abzustimmenden

Papiers vor, und das war gut so, denn ganz offensichtlich hatte er es nicht parat und auch gar nicht gelesen. Das verstand sie nicht, denn sie hatte sich ja Mühe gegeben und ihn natürlich auch ein wenig beeindrucken wollen. Da hatte sie jedoch noch nicht von seiner Degradierung gewusst und dass ihn das alles wohl gar nichts mehr anging.

Um ihren Ärger nicht zu zeigen, beugte Greta sich tief über das Papier auf dem Tisch, sodass ihre glatten braunen Haare über ihr Gesicht fielen, und las ihm nur die Absätze vor, die es mit seinem Unternehmen abzustimmen galt. Er nickte jedes Mal total uninteressiert „o. k.". Greta fand das wirklich unangemessen. Plötzlich schob er einen großen weißen Briefumschlag unter ihre linke Hand, die locker auf dem Tisch lag, während die rechte Hand die Seiten des Papiers umblätterte. Sie fühlte darin ihren Schmuck, den sie vor Monaten nachts in seinem Hotelzimmer liegen gelassen hatte. Er drückte ihre Hand – zärtlich, kameradschaftlich? – jedenfalls wortlos.

Greta war in ihrem professionellen Tun so gefangen, dass sie die Geste ignorierte. Wie oft hatte sie sich das später vorgeworfen! Vielleicht wäre dieser Termin, an dem sie sich das letzte Mal ganz allein begegnet waren, anders verlaufen, wenn sie wenigstens den Kopf gehoben und in seine Augen geblickt oder irgendetwas gesagt hätte.

Ein paar Minuten später, da war Greta gerade beim letzten Textstück angekommen, sprang er mit einer Entschuldigung auf, ging zum Telefon auf dem Schreibtisch und bat seine Sekretärin, ihn mit seiner Frau zu verbinden. Wieder so ein Gehabe. Er hätte das wirklich nur durch die offene Tür um die Ecke seiner Sekretärin zurufen müssen oder – noch besser – vielleicht selbst wählen?

Im Stehen verabredete er mit seiner Frau – geradezu demonstrativ – für den Abend ein Essen in einem Vorortlokal und bat sie, auch noch diese und jene Bekannten dazu zu laden. Natürlich, sein gutes Recht, aber musste das ausgerechnet jetzt sein, nicht zehn Minuten später, wenn Greta sowieso weg gewesen wäre?

Als er den Hörer auflegte, stand Greta schon und packte die bedruckten Seiten zusammen. „Ich bringe dich runter", sagte er, ganz Gentleman. Früher hätte er sie natürlich von einem Assistenten hinunterbegleiten lassen! „Nicht nötig", wehrte sie ab, aber er bestand darauf, und so gingen sie nebeneinander durch den hässlichen grauen Gang zum Fahrstuhl. Die Tür schloss sich. Im Film hätte er sie jetzt, nach allem, was sie miteinander gehabt hatten, geküsst, und Greta wäre mehr als bereit dazu gewesen. Er jedoch stand ihr gegenüber stocksteif und unsicher in der Kabine, nur vermeintlich lässig eine Hand in der Hosentasche. Seine Körperhaltung sagte mit jeder Faser: Der Überflieger ist hart gelandet.

Sie verabschiedeten sich unten vor der Eingangstür ganz offiziell mit Handshake, nicht die kleinste Geste versuchter Nähe, obgleich in diesem trostlosen Hinterhof weit und breit kein Mensch zu sehen war. Als er zurück in den Fahrstuhl gestiegen war, blieb Greta irritiert im Ausgang stehen, nein, eigentlich war sie vollkommen fertig.

Lange hatte sie über dieses Treffen gegrübelt, ohne Ergebnis. Erst als sie sein Ausscheiden aus dem Unternehmen aus der Fachpresse erfuhr und seine – wie sie fand, verzweifelten – Versuche verfolgte, noch den einen oder anderen Posten mit Bedeutung zu ergattern, konnte sie sich vorstellen, dass er sich möglicherweise ihr gegenüber geschämt hatte. Und welches Alphatier kann mit Scham umgehen?

Greta hat sich im schaukelnden Zug dermaßen in der Vergangenheit verloren, dass sie es beinahe verpasst, an ihrer Station auszusteigen. Erst die quietschenden Bremsen holen sie zurück. Sie springt von ihrem Sitz auf und gerade noch aus der Tür. Vom schummrig beleuchteten kleinen Bahnsteig inmitten von Wiesen sind es nur wenige Stufen hinunter zu ihrem Haus, quer über die wenigen Parkplätze.

Seit ein paar Jahren lebt sie allein in diesem Kleinod, einem winzigen historischen Haus, vielleicht vor hundert Jahren mal für einen Bahnwärter gebaut. Als sie vor Monaten an dem kleinen Bahnhof ausstieg, um von dort loszuwandern, sah sie, dass das Haus gerade ausgeräumt wurde. Wie der Zufall es wollte, wurde es gerade frei und es gab noch keinen Interessenten. Spontan, ohne groß zu überlegen, mietete sie es.

Aus der einst gemeinsamen Wohnung mit ihrem verstorbenen Mann in der Stadt hatte sie bald ausziehen wollen. Zu viele Erinnerungen. Das Leben auf dem Land gefiel Greta schon immer. München war ihr in den letzten Jahren ohnehin zu voll und zu laut geworden. Wenn sie doch mal Urbanität braucht, ist sie in fünfundvierzig Minuten mit der S-Bahn in der Stadt. Ein Auto braucht sie nicht. Die Wege auf dem Land erledigt sie mit einem Tribike, einem elektrisch betriebenen Dreirad. Das reicht für ihren ohnehin immer kleiner werdenden Radius. Die Berge rundherum hat sie schon früher alle bestiegen. Jetzt machen ihre Knie das gar nicht mehr mit.

Das Haus ist, bis auf das Ziegeldach, fast ganz mit wildem Wein bewachsen, der sich jetzt im Frühherbst leicht rot zu färben beginnt. Die Längsseite ist mit einer hohen Hecke zur Bahn abgegrenzt, auf der Südwestseite erstreckt sich ein kleiner Garten, dessen Holzzaun von Heckenrosen bewachsen ist, die jetzt viele knallrote Hagebutten tragen. Ein richtiges Hexenhäuschen. Greta liebt es, gerade weil es so klein ist: im Erdgeschoss nur ein Zimmer mit zwei Fenstern zum Garten hinaus, eine Wohnküche und ein kleines Bad mit Dusche und WC, unter dem Dach, über eine steile Treppe zu erreichen, eine Art Atelier mit einem Fenster in jedem Giebel und offenem Dachgebälk. Vor dem Haus eine kleine Terrasse mit viel Sonne, vor allem Westsonne. An der warmen Hausmauer sitzt Greta gerne bis zum Sonnenuntergang auf der Bank unter der Pergola. Die alle Stunde fahrende Bahn stört sie nicht, im Gegenteil, wenn es einmal eine Störung gibt, vermisst sie den Zug inzwischen geradezu.

Außen an einer Hausecke springt die automatische Beleuchtung an, als Greta das Gartentor öffnet, und erhellt den kurzen Weg zur Haustür. Rosso, ihr Irish Setter, bellt dahinter freudig. Die Nachbarin hat ihn netterweise zu einem langen Nachmittagsgang mitgenommen und dann wieder ins Haus gelassen. Er nimmt das Alleinsein nicht übel.

Greta schließt schnell auf, Rosso springt vor Freude jaulend an ihr hoch, dreht dann eine Runde durch den Garten und verzieht sich wieder auf seine Matte unter der Treppe im Flur. Alles in Ordnung, will er damit sagen. Erleichtert seufzend streift Greta ihre unbequemen Schuhe ab, froh, wieder in ihrem Refugium zu sein, in ihrer zweiten Haut.

In ihrer Ehe musste sie sich in Einrichtungsfragen weitgehend dem Geschmack ihres Mannes anpassen, der als Architekt Designermöbel, moderne Bilder und kühles Ambiente bevorzugte. Schon relativ bald gab sie die Opposition dagegen auf. Überhaupt hatte sie vieles zuerst aus Liebe, später aus Bequemlichkeit im Zusammenleben mit ihm viel zu lange hingenommen. Dieses kleine Häuschen hat sie endlich ganz und gar nach ihrem Geschmack eingerichtet, viel Stoff und warme Farben. Niemand spottet über Kitsch. Im kleinen Wohnraum zwei gemütliche, dunkelrot gepolsterte Sessel vor einem Schwedenofen, in der Küche ein alter quadratischer Bauerntisch aus Holz mit einer Eckbank und an der Wand die notwendige Kücheneinrichtung mit Kochfeld, Spüle und Kühlschrank, alles mit Holz verkleidet. Im ganzen Erdgeschoss keine Bilder an den holzgetäfelten Wänden.

Oben im Atelier steht ihr Schreibtisch unter einem der Giebelfenster mit Blick nach Südwesten auf die Berge. Auf den Wandregalen, in denen sie einen Teil ihrer Bücher untergebracht hat, kleine Skulpturen und Erinnerungsgegenstände. Und ihr Bett hier oben lädt mit der (sündhaft teuren) Fellüberdecke zum Faulenzen und Fernsehen ein – saugemütlich an den langen Winterabenden, wenn sie nicht mehr rausgehen mag.

Einen Hund konnte sie nach dem Tod ihres Mannes auch endlich wieder haben; er hatte nach dem Tod ihres letzten Hundes keinen mehr gewollt.

Während Greta barfuß am Küchentisch den Rotwein für ihren Absacker ins Glas laufen lässt und die kühlen Holzbohlen an den Füßen genießt, fragt sie sich, ob er wohl wirklich anruft. Sie will sich ja nichts vormachen und nicht wieder enttäuscht werden. Wie oft hat sie auf seinen Anruf gewartet und sich selbst wegen dieser Albernheit zur Ordnung gerufen! Wie oft hat sie die Mailbox ihres Handys vergeblich abgefragt.

Während sie den ersten Schluck Rotwein nimmt, zwingt sich Greta, die Gedanken an ihn aus dem Kopf zu verscheuchen. Sie dreht noch eine Runde mit dem Glas in der Hand durch Flur und Wohnzimmer, stellt es in die Spüle in der Küche, schminkt sich im Bad schnell ab und geht die Treppe hinauf in ihr Bett. Rosso schnarcht leise unter der Treppe auf seiner Matte.

Schnell schläft sie ein und träumt genau das, was sie – damals, in der intensiven Zeit mit ihm – schon einmal geträumt hatte:

Sie sind an einem Herbstabend verabredet, an einer Straßenecke in der Nähe ihrer Wohnung in der Stadt. Es ist dunkel und neblig, die Straßenlaternen lassen die herbstlichen Bäume gelbfeucht leuchten. Er kommt in einem dicken BMW an, sie wartet im Jaguar ihres Mannes (den er in Wirklichkeit nie besaß) auf der Straße in der zweiten Reihe vor der Ecke. Sie finden sich im Halbdunkel und lassen die Scheinwerfer kurz blinken. Er parkt auf der gegenüberliegenden Seite ein. Sie steigen aus und fallen sich mitten auf der Straße in die Arme. Auch sie muss ihr Auto noch richtig parken, findet aber keine Parklücke, in die sie mit dem großen Schlitten, den sie sonst nie fährt, hineinkommt. Auf der Suche danach entfernt sie sich immer mehr von ihm und kann den Jaguar schließlich vorwärts in eine riesige Lücke bugsieren. Sie geht aber nicht zu ihm zurück, sondern fährt mit der U-Bahn, deren Einstieg zufällig direkt vor ihr liegt, einfach in die Stadt und lässt ihn zurück. Sie sehnt sich zwar die ganze Zeit nach ihm, kehrt jedoch nicht um. Sie verbringt die ganze Nacht in der Stadt, allein in irgendwelchen Kneipen, und kehrt am Morgen in die Wohnung zurück, wo nicht ihr Mann, sondern ihre Mutter sie erwartet und fürchterlich mit ihr schimpft.

Das Gefühl, ihn gesehen und umarmt, jedoch die Möglichkeit verschenkt zu haben, einen ganzen Abend privat mit ihm zu verbringen, zerriss sie damals fast und hinterließ noch, als sie wach war, eine tiefe Sehnsucht, obgleich es doch nur ein Traum gewesen war. Und dieser Zustand hielt noch tagelang an.

Greta wacht am Morgen in ihrem Atelier genau mit dieser Sehnsucht auf. „Verdammt", knurrt sie, „das will ich wirklich nicht mehr." Erst ihre tägliche kleine Gymnastik vertreibt die Beklommenheit im Herzen etwas, ein paar Dehnübungen für den vom Computer malträtierten Rücken und die Schultern, bevor sie in die Küche hinuntersteigt. Rosso begrüßt sie wie jeden Morgen am Fuß der Treppe wild schwanzwedelnd. Er darf kurz im Garten seine Blase entleeren, dann füllt sie seinen Fressnapf in der Küche. Es gibt das Luxusfutter aus der Dose, mit dem eine ehemalige Studentin von ihr inzwischen ein sehr gutes Geschäft macht. Für den Hund nur das Beste! Während der sein Futter lautstark schlabbert, gießt sie sich ihren morgendlichen Chai Latte auf, den indischen Gewürztee mit Palmzucker und Milch. Eine lieb gewordene Routine, mit der Greta den Tag begrüßt und sich bei den ersten Schlucken für den Tag sammelt.

Routine war auch damals, vor zwanzig Jahren, das einzige Mittel gewesen, um sich zu fangen, wenn Greta ihn wieder einmal nicht aus dem Kopf (und dem Herzen) bekam. Ihr ausgefüllter Alltag zwischen Haushalt (Kühlschrank leer, Wäschefach voll, Gäste bewirten), Büro (Projektberichte schreiben, telefonieren) und Hochschule (Vorlesungen, Gremiensitzungen) lenkte sie meistens ganz gut ab. Und ihr Ehemann nahm sie sehr in Anspruch: Sein Bedürfnis nach Zuwendung war unersättlich. Wenn sie zusammen waren, ging es nur um ihn, seinen Zeitplan, seine Vorlieben, seine Krankheiten. Greta fühlte sich zunehmend von ihm geradezu ausgesaugt. Warum sie sich nicht mehr gewehrt hat, begreift sie bis heute nicht. Vielleicht hat sie diese Ehe ertragen, weil sie sich vor seinen Ansprüchen mehr und mehr in ihren eigenen Beruf flüchten konnte. Es hatte natürlich auch sehr schöne Zeiten gegeben, in den Bergen oder im Urlaub am Mittelmeer. Wenn er nicht gerade ein Wehwehchen hatte, konnte er der charmante Mann sein, den sie ja eigentlich liebte.

Von ihrer Affäre mit ihm bemerkte Gretas Mann nichts. Dazu war er viel zu egozentrisch und mit anderen Dingen beschäftigt. Und er sollte auch nichts erfahren. Greta verkapselte die Geschichte tief in sich drinnen. Sie hielt nichts von der in den 1970ern so angesagten Ehrlichkeit in einer Beziehung. Die Verletzung, die ihm ihre Affäre zugefügt hätte, hätte möglicherweise das Ende ihrer Ehe bedeutet. Wenn ihre Tochter nicht gewesen wäre, hätte sie das vielleicht sogar riskiert. Aber sie wollte ihr nicht den Vater nehmen.

So wurde die Geschichte wie eine verschlossene Kugel in ihrem Herzen, mit den Jahren zwar kleiner, aber immer spürbar. Wäre ihr Mann damals aufmerksam gewesen, hätte er natürlich Fragen stellen können, etwa wenn er sie im Wohnzimmer auf dem Teppich liegend bei lauter Musik fand, träumend und traurig; oder wann immer im Autoradio der Song „It must have been love, but it's over now …" aus dem Film „Pretty Woman" lief und ihr Tränen kamen, die sie heimlich wegwischte.

Aber er war damals vollkommen mit seiner Karriere beschäftigt gewesen. Seine Familie, das waren die Mitarbeiter im Büro, viel wichtiger als Greta. Die lagen dem Chef zu Füßen – was Greta nicht ausreichend tat. Er vernachlässigte sie, kümmerte sich wenig um ihre Wünsche. Zu wenig Wertschätzung – wie ein vertrautes Möbelstück. Kein Wunder, dass sie offen für eine Affäre gewesen war. Obwohl: auch der andere war ja ein eitler Egozentriker gewesen.

Konservativ wie er war, hatte Gretas Mann es am Anfang ihrer Ehe gewollt, dass sie in seinem Architekturbüro sozusagen den „Innendienst" versah, eingeordnet in seine Welt und untergeordnet – die klassische Arbeitsteilung bei freien Architekten seiner Generation. Aus Liebe hatte sie für einige Zeit mitgespielt und Buchhaltung und Büroorganisation übernommen. Obwohl sie schon vor dieser Ehe einigen Erfolg und beruflichen Status gehabt hatte, was ihn ja auch an ihr gereizt hatte, versuchte er sie, als sie dann verheiratet waren, beruflich kleinzuhalten. Das konnte und wollte Greta auf die Dauer nicht mitmachen. Sie gründete ihr eigenes Beratungsbüro für Tourismus (von dem er sowieso, außer ein paar Reisen, nichts verstand), weil sie allein einen lukrativen Auftrag für ein Forschungsprojekt an Land ziehen konnte. Sie informierte ihn davon nicht vorher, und als er es bemerkte, tobte er. Später gab er Dritten gegenüber aber sehr gerne mit ihren Erfolgen an. Wenn sie jedoch miteinander allein waren, ging es nur um seine Karriere.

Gretas Arbeit im Büro und später in der Hochschule wurde so immer mehr zu ihrer Zuflucht, um das zu bekommen, was sie in der Ehe vermisste: Aktivität, Zuwendung, Anerkennung. Je älter er wurde, desto unerträglicher wurden sein Geltungsdrang, seine Eifersucht auf ihre beruflichen Erfolge und vor allem seine soziale und kulturelle Lethargie. Die Wochenenden und Urlaube verliefen schaumgebremst: Man nahm sich etwas vor und tat es dann doch nicht, es sei denn, Greta organisierte alles. Da sie dafür von ihm immer häufiger Dominanz vorgeworfen bekommen hatte, ließ sie es irgendwann sein, schickte sich in die gepflegte Langeweile mit Rotwein und Fernsehen oder unternahm allein etwas – was sie nicht bedauerte. Ganz im Gegenteil, sie atmete dann geradezu auf. Als er dann leidend wurde, konnte sie ihn aus Pflichtgefühl und nach über vierzig Jahren Ehe nicht mehr verlassen. Die letzten Jahre kosteten sie unendlich viel Kraft und Selbstaufgabe. Aber nach dem Tod des Mannes war sie langsam immer fröhlicher in ihrem Dasein als alleinstehende Frau geworden. Jetzt, mit über siebzig Jahren, fühlt sie sich heil und ganz bei sich.

Greta geht gerade mit ihrer großen Tasse Chai in der Hand durch den kleinen Garten vor dem Häuschen, Rosso immer hinter ihr, und schaut nach, welche Pflanzen jetzt im Herbst zurückgeschnitten werden müssten. Trotz Ende September wärmt die Morgensonne noch. „Plopp", das Handy in ihrer Kimonotasche signalisiert eine Nachricht. Sie zwingt sich, nicht sofort danach zu greifen, und beendet ihren Rundgang. Erst dann stellt sie die Teetasse auf dem kleinen Gartentisch unter der dicht bewachsenen Pergola neben dem Hauseingang ab, langt in die Kimonotasche und zieht den Apparat heraus. Aus Opposition gegen die digitale Allzeitverfügbarkeit der Jüngeren hat sie sich diese Verlangsamung verschrieben. Die digitale Dauerpräsenz war ihr schon bei ihren Studenten auf die Nerven gegangen. Sie konnten nur noch Informationshäppchen konsumieren und waren kaum in der Lage, sich auf einen längeren Gedankengang zu konzentrieren.

Die Nachricht ist tatsächlich von ihm! „Bin unterwegs, rufe Dich heute Mittag an."
Also will er es wirklich wahr machen. Greta fühlt so etwas wie freudige Erwartung – und ärgert sich sofort über sich selbst. „Fall doch nicht wieder auf ihn herein. Low-key, low-key!" Aber die Geschichte war eben weder zuende gelebt noch hatte sie am Ende geendet.

Den ganzen Vormittag tigert Greta zwischen Garten und Schreibtisch hin und her. Die wöchentliche Kolumne in einer Fachzeitschrift wartet. Sie macht sich noch einen Tee, rückt diesen und jenen Gegenstand im Haus zurecht und muss sich schließlich eingestehen, dass sie wie ein junges Mädchen auf den Anruf des ersten Lovers wartet. Ach, er würde ja doch nicht anrufen, das hat sie oft genug erlebt.
Wieder ein Erinnerungssplitter:
Einer der Branchenkongresse auf dem Petersberg bei Bonn. Das Gebäude war gerade frisch als Kongresshotel renoviert worden. Von der Terrasse hoch über dem Rheingraben hatte man einen weiten Blick über den Rhein bis zu den herbstlich belaubten Hügeln der umliegenden Gebirge. Greta sah gerade an einem Stehtisch auf der Terrasse noch einmal ihren Vortrag durch, als er zu ihr trat. „Alles klar?", fragte er und verschwand gleich wieder, ohne auf Gretas Antwort zu warten. Greta blieb wieder einmal irritiert zurück, aber sie musste ja gleich ihren Vortrag

über die Zukunft des Tourismus halten, konnte sich also dem Gefühl nicht hingeben. Das Vortragsprogramm führte ihn nach ihr auf: „Der Tour Operator der Zukunft".

Greta ging langsam durch den Mittelgang des in Gold und Grün gehaltenen, mit Kandelabern beleuchteten Kongresssaals, während sich der Raum langsam füllte. Auf den weißen Blättern mit den Namen der für die Vortragenden reservierten Plätze in der ersten Reihe fand sie ihren Namen und seinen, direkt nebeneinander. Oje!

Die Veranstaltung begann mit Begrüßungsworten des Verbandspräsidenten und dem politischen Statement irgendeines Parlamentariers. Er saß mit übergeschlagenen Beinen neben ihr wie versteinert. Kein Wort, auch keine heimliche Berührung.

Schließlich beugte Greta sich einmal kurz zu ihm hinüber, ließ ihn dabei (bewusst provozierend) in das Dekolleté ihrer tief geknöpften, eng anliegenden schwarzen Jacke blicken und reichte ihm wortlos ihren ausgedruckten Vortrag. Distanzierte Reaktion, Pokerface. Puh!

Bis Greta zum Rednerpult gehen musste, fing sie sich und schaltete auf reine Professionalität. Während sie sprach, schaute sie möglichst nicht zu ihm in die erste Reihe hinunter, bemerkte aber doch kurz, wie er amüsiert lächelte. Vielleicht hatte er doch das Gleiche vor Augen wie sie, als sie später ihm zuhörte: ihre Küsse und Umarmungen?

Endlich war das Vortragsprogramm abgespult, und sie verließen – wie zufällig – nebeneinander den Saal, als er ihr zuflüsterte: „Ich ruf dich an." Aber: wieder nichts.

Zwei oder drei Jahre nach ihrer allerletzten Begegnung im Hotel „Adlon" in Berlin war er zu einer Reha-Maßnahme in einer Klinik, nicht weit von ihrer damaligen Zweitwohnung in einem oberbayerischen Bauernhof. Schulterfraktur beim Sport. Der Überflieger hatte sich eine Schwinge gebrochen. Er hatte ihr eine Mail mit der Adresse der Rehaklinik geschrieben und vorgeschlagen, dass sie sich treffen. Greta war überrascht, dass er sich nach so langer Zeit doch noch einmal meldete. Sie dachte nach ihrem letzten kleinen Wortwechsel im Hotel „Adlon", dass es nun endgültig vorbei sei. Nun war sie – blödes Schaf – sofort bereit, ihn zu sehen, und mailte ihm wieder einmal ihre Handynummer. Nach ein paar Tagen, da musste er schon längst in der Rehaklinik sein, wurde sie ungeduldig und rief ihn auf seinem Handy an. Er sagte: „Ich steige gerade ins Auto, ich ruf dich gleich zurück." – Wie üblich nichts. Das war ihr allerletzter Kontakt vor etwa fünfzehn Jahren gewesen.

Gerade hat sich Greta in den ihr noch wohlbekannten Kokon aus Enttäuschung und Selbstschutz zurückgezogen, als ihr Handy läutet. „Buon giorno, Professoressa" Er! Seine Stimme, die Greta immer so aufregend gefunden hatte, klingt etwas müde, aber mit der an damals erinnernden italienischen Anrede hat er sie gleich wieder gepackt. Am Telefon hatten sie manchmal auf Italienisch herumgeblödelt. Jetzt geht sie darauf ein: „Capo, come stai?" Mit „Capo" hatte sie ihn manchmal aufgezogen, wenn er zu sehr den Chef mimte. „Was machst du gerade?", fragt er. „Ich bin gerade im Garten und schaue in die Berge." „Ah, du hast immer noch eine Bleibe in den Bergen? Ich hätte so gerne einmal das Wochenende auf einer Berghütte mit dir verbracht, zu dem du mich mehrmals eingeladen hast."

Ja, sie hatte häufig davon geträumt, wenigstens einmal zwei Tage mit ihm privat Zeit zu haben. Dabei wollte sie endlich herausfinden, was an der Affäre dran war. Als sie ihn bei einem ihrer Treffen in irgendeinem Hotelzimmer dazu einlud, war er von der Idee, zwei Tage ohne berufliche Zwänge allein mit ihr zu verbringen, ganz begeistert gewesen. „Aber du würdest verbrennen!", drohte er dann im Spaß. Überheblicher Macho …

Greta hatte sich vorgestellt, wie er nicht im Business-Outfit, sondern vielleicht in Rollkragenpullover und Cordhosen plötzlich vor der Tür ihres Landdomizils stünde. Sie würden zusammen kochen, Feuer machen, über Wiesen laufen und reden, reden, reden. Dabei wusste Greta ja überhaupt nicht, ob er auch locker sein kann. Ob er einen Tag, an dem man nur in die Landschaft oder ins Feuer schaut und sonst nichts passiert, überhaupt aushalten würde. Sie selbst kann das gut, aber er war doch wohl eher ein Aktivist, so ein „Selbst-Optimierer", der jede Minute außerhalb des Jobs dafür nutzt, für eben diesen fit zu bleiben. Vielleicht war er ja von seiner Topposition sogar ein wenig überfordert gewesen? Greta hat genügend Manager kennengelernt, die sich vor ruhigen Momenten scheuen, um sich nicht mit sich selbst auseinandersetzen zu müssen. Wohl gibt es bei vielen eine Sehnsucht nach Tiefgang, nach den großen Fragen – aber sie nehmen sich keine Zeit dafür, weil sie ja ihren übervollen Terminkalender abarbeiten müssen. Wenn es dann gar nicht mehr geht, buchen sie ein Slow-down-Seminar, und wenn es ganz schlimm wird, landen sie in einer Burn-out-Klinik im Engadin.

Und jetzt will er sie wirklich auf dem Land besuchen? „Ich wohne jetzt ganz draußen, gar nicht mehr in der Stadt", spricht Greta ins Handy und blickt auf die nahen Berge. Er: „Darf ich dich dort besuchen? Ich bin ja durch das Kuratorium hin und wieder in München und könnte den Besuch bei dir mal anhängen." Greta ist sprachlos und schweigt. Will sie nach allem, was gewesen bzw. nicht gewesen ist, eigentlich wirklich, dass er kommt? „Na, wie sieht's aus?", bricht er die Stille. „Ja, ja, wenn du meinst, sag, wann du kommen kannst." Dabei sollte sie sich wenigstens ein wenig zieren und nicht wieder viel zu schnell zu seinem Spiel bereit sein.

Das war von Anfang an ihr Fehler. Sie hatte sich ihm viel zu sehr ausgeliefert. Ob er auch etwas für sie empfand, ob er mit ihr spielte oder ob er sie nur als Jagdtrophäe in seiner Sammlung haben wollte – das bekam sie nie heraus.

Zuerst hatte es ja nicht so ausgesehen. Denn schon drei Wochen, nachdem sie bei dem großen Kongress ihre Affäre begonnen hatten, wollte er mit ihr ein Treffen verabreden, bei jenem ersten Telefonat im Auto, als sie vor Überraschung beinahe einen Unfall gebaut hätte. Er müsste am nächsten Morgen zu einem Termin nach München und käme heute mit einem späten Flieger. Und er hatte sehr nah geklungen, sehr ehrlich, nicht wie ein Spieler oder Jäger. Greta sagte viel zu schnell zu, dass sie ihn auch sehen wolle, und sie verabredeten sich im Hotel am Flughafen. Wie sie sich aus Jahresempfang und Dinner in der Akademie der Künste, wo sie am Abend mit ihrem Mann hingehen sollte, allein davonstehlen würde, wusste sie noch nicht.

Für den Abend zog sie sich elegant, aber dezent an. Tailliertes schwarzes Kostüm mit langem, vorne geschlitztem Rock, ihre schwere Silberkette im Ausschnitt. Eigentlich wollte sie natürlich ihn beeindrucken, ließ sich aber das Kompliment ihres Ehemannes gefallen, der sie ausnahmsweise einmal aufmerksam ansah. Da er zu spät zum schnellen Umziehen aus dem Büro nach Hause kam, hatte sie keine Gelegenheit, ihm in Ruhe auseinanderzusetzen, dass sie nur zum Empfang, nicht aber zum Dinner in der Akademie bleiben könne. Erst im Auto auf dem Weg in die Innenstadt sagte sie quasi nebenbei, dass sie den Referenten für Tourismus im Wirtschaftsministerium leider am Abend noch am Flughafen treffen müsse, weil sie den sonst lange nicht erreiche, und er, bevor er in die USA reise, noch die Finanzierung dieses einen für ihr Büro so wichtigen Projektes absegnen müsse. Sie brauche dafür leider das Auto, und er müsse eben mit dem Taxi heimfahren. Ihr Mann meinte nur: „Na gut", fragte nicht weiter nach und war wie üblich mit den Gedanken woanders. Greta fand das erstaunlich, denn er wusste genau, wie ungern und zudem schlecht sie im Dunkeln fuhr. Kein Versuch, sie davon abzuhalten. Vielleicht war es ihm sogar ganz recht? So konnte er in der illustren Gesellschaft der Akademie allein den Salonlöwen spielen. Schließlich war er attraktiv und in Gesellschaft charmant und äußerst eloquent. Bei solchen Gelegenheiten war Greta sowieso meistens nur sein nettes Anhängsel, eben die „Gattin". Nicht selten vergaß er sogar, sie seinem jeweiligen Gesprächspartner vorzustellen, und so stand sie häufig nur lächelnd neben ihm und langweilte sich.

Bei den Begrüßungsworten des Akademiepräsidenten war Greta unruhig. Sie trippelte von einem Bein auf das andere und schaute ständig auf die Uhr. Pflichtschuldig drehte sie dann am Arm ihres Mannes mit einem zu warmen Glas Prosecco in der Hand noch einige Runden durch das Foyer des historischen Baus, von einer Small-Talk-Insel zur nächsten, lächelnd, „bella figura" machend. Endlich rief ein Gong zum Dinner, und sie konnte sich, wie verabredet, aus der Gesellschaft lösen.

Die Fahrt durch die herbstliche Dämmerung zum Flughafen war schrecklich mühsam, der Feierabendverkehr wie üblich dicht. Greta musste sehr aufpassen und hoffte, es noch rechtzeitig bis zu seiner Ankunft zu schaffen. Als sie durch die hohe Drehtür in die Hotelhalle eilte, sah sie auf dem Display über der Rezeption, dass seine Maschine noch gar nicht gelandet war. So hatte sie noch ein wenig Zeit, um zu verschnaufen und sich zu sammeln. Wo könnte sie am besten warten, um ihn nicht zu verpassen? In der riesigen, von einem filigranen Glasdach in großer Höhe überspannten Halle waren rote Sesselgruppen und einige Stehtische wie zufällig hingewürfelt. Dazwischen künstliche hohe Palmen, welche die Leere nur wenig kaschierten.

Greta schob sich schließlich auf den Hocker an einem Stehtisch mit Blick auf den Empfangscounter des Flughafenhotels, wo er ja einchecken musste. Um ihre Ungeduld zu bezähmen, versuchte sie, sich Notizen zu einer demnächst fälligen Lehrveranstaltung zu machen, ein blödsinniger Versuch, ihre Aufregung zu besiegen. Sie ließ lässig einen Fuß nach vorn durch den Schlitz ihres langen schwarzen Rockes baumeln und stellte den anderen Fuß mit dem hochhackigen schwarzen Pumps möglichst elegant auf. Aus den Augenwinkeln behielt sie die Halle im Blick, jede Bewegung registrierend. Allerdings war sie dann doch in ihre Notizen versunken und merkte nicht, dass er angekommen war. Erst als sich ein Bein mit elegantem Schuh neben ihren aufgestellten Pumps schob, nahm sie ihn wahr. Sie sahen sich zum ersten Mal seit dem Kongress in Mallorca wieder! Greta klopfte das Herz bis zum Hals, aber sie tat natürlich ganz cool – und er auch. Beide, als würden sie sich kaum kennen: „Guten Abend!", und sie: „Hallo!" Mehr nicht. Dann flüsterte er Greta seine Zimmernummer zu und eilte zum Aufzug weiter.

Jetzt kam sie sich eher wie eine bestellte Prostituierte vor. Und genauso taxierte sie der Mann, der mit ihr einige Minuten später im Aufzug in die fünfte Etage fuhr. Greta ließ den anzüglichen Blick an sich abperlen, stieg im sechsten Stock aus und fand seine Suite. Kaum eingetreten, umarmte und küsste er sie mit einer Leidenschaft, die sie für die hässliche Szene kurz vorher im Fahrstuhl entschädigte und sie überzeugte, dass er genauso verrückt nach ihr war wie sie nach ihm.

Als sie beide später in die Hotelbademäntel gehüllt in den Sesseln des Wohnraums seiner Suite saßen, blickte er Greta sehr offen an und sagte: „Wir haben nur zwei Möglichkeiten: ganz oder gar nicht. Auf Distanz geht nicht." So liebevoll hatte er sie später nie wieder angesehen. Das wäre der Augenblick gewesen, sich für einen Weg zu entscheiden, der sie weniger hätte leiden lassen als die „Distanz" über sieben Jahre.

Er schlug sogar vor, dass sie den nächsten Tag in der Stadt gemeinsam verbringen könnten. Sein Termin würde nur kurz dauern. Aber Greta war zu feige. Sie hätte dafür die Einladung zum großen Empfang für einen runden Geburtstag bei guten Freunden außerhalb von München absagen müssen. Klar, sie hätte ihrem Mann gegenüber Unwohlsein vorschützen können, und er wäre allein hingefahren. So dreist lügen wollte sie jedoch nicht. Später hatte sie sich immer wieder über die verpasste Gelegenheit geärgert, ihre Obsession näher kennenzulernen. Und vielleicht war auch er enttäuscht. Hätten sie den gemeinsamen Tag privat genießen können, wäre die Geschichte vielleicht ein wenig gelöst, wenn auch nicht zu Ende gelebt worden.

Der folgende Vormittag, der Geburtstagsempfang, war für Greta eine einzige Qual. Man stand in der Sonne auf der Terrasse, der Föhn ließ den Himmel strahlen, viele Bekannte waren da. Eigentlich wunderschön. Trotzdem gingen ihr die vielen Leute unsäglich auf die Nerven. Krank vor Reue stand oder saß sie herum und dachte nur an den verpassten Tag mit ihm. Ihr Mann schien wieder einmal nichts zu merken. Er meinte allerdings am Abend: „Irgendetwas steht zwischen uns." Darauf ging Greta nicht weiter ein, und damit war die Sache erledigt.

Ein halbes Jahr später, im Frühjahr, war er wieder am Flughafen. Er meldete sich nachmittags auf Gretas Handy und wollte sie, wenn möglich, in einer Stunde treffen. Er rief – und sie sprang vom Schreibtisch auf. Nicht zu glauben, unmöglich! Aber sie konnte nicht anders. Sie schlüpfte schnell aus den Jeans in ihr neues schwarzes Flatterkleid und in die gerade angesagten schwarzen Plateausandalen, holte ihr Auto und düste los – direkt in den Nachmittagsstau auf dem Flughafenzubringer. Der Akku ihres Handys war schwach, schließlich leer. (Damals leisteten diese Apparate noch nicht viel, und eine Aufladebuchse hatte ihr kleines Auto nicht.) So konnte sie ihm nicht Bescheid sagen, dass es später würde.

Endlich vor dem Hotel geparkt, durch die Drehtür in die Halle gehuscht, sah Greta ihn, wie er mit seinem Handy in der Hand nervös hin und her tigerte. Als er sie zwischen den ein- und auscheckenden Leuten endlich entdeckte, stürzte er geradezu auf sie zu. Seine Miene drückte große Erleichterung aus. Sofort kontrollierte er sich jedoch, setzte wieder sein Pokerface auf und flüsterte nur: „Ich dachte schon, du lässt mich sitzen, aber du machst so etwas ja nicht." „Ja, aber du dauernd, und ich Schaf nehme es dir nicht mal übel", dachte sie, denn es hatte in der Zwischenzeit mehrere Verabredungen gegeben, die er mit ziemlich fadenscheinigen Begründungen kurzfristig abgesagt und sie am Boden zerstört hinterlassen hatte.

Es war keine schöne Begegnung. Ein paar Küsse und der Versuch, miteinander zu schlafen, aber bei ihm ging nichts. Er telefonierte schließlich mehrmals, und Greta konnte beobachten, wie er, je nach Gesprächspartner, schleimig charmant oder eiskalt in den Hörer sprach und irgendetwas verhandelte, das sie nicht verstand. Er war dabei so konzentriert, dass Greta sich vollkommen überflüssig vorkam. Blöd, dass sie sich überhaupt zu ihm aufgemacht hatte. Anmerken ließ sie sich das nicht. Sie gab ihm stattdessen beim Abschied eine Postkarte mit dem bekannten Liebesgedicht von Erich Fried. Es war ihr egal, was er von so viel Emotionalität halten würde.

WAS ES IST
Es ist Unsinn
Sagt die Vernunft
Es ist, was es ist
Sagt die Liebe
Es ist Unglück
Sagt die Berechnung
Es ist nichts als Schmerz
Sagt die Angst
Es ist aussichtslos
Sagt die Einsicht
Es ist, was es ist
Sagt die Liebe
Es ist lächerlich
Sagt der Stolz
Es ist leichtsinnig
Sagt die Vorsicht
Es ist unmöglich
Sagt die Erfahrung
Es ist, was es ist
Sagt die Liebe

Das Gedicht geht so weiter, aber das stand nicht auf der Postkarte:

Gesetzt, ich verliere dich
Und habe dann zu entscheiden
Ob ich dich noch einmal sehe
Und ich weiß
Das nächste Mal
Bringst du mir zehnmal mehr Unglück
Und zehnmal weniger Glück
Was würde ich wählen?
Ich wäre sinnlos vor Glück
Dich wiederzusehen.

Besser konnte man Gretas innere Widersprüche nicht beschreiben. Auch auf diese Botschaft erhielt sie von ihm keine Reaktion.

Heute, Jahrzehnte später, will Greta nicht ihren alten Fehler wiederholen, und gleich springen, wenn er ruft. Sie antwortet ihm kühl: „Ich freue mich, wenn du kommst, aber bitte gib mir mindestens eine Woche vorher Bescheid, ich habe viel zu tun." Das stimmt nicht so ganz, aber wie sie ihn einschätzt, macht ihm das noch immer Eindruck. „Hast du noch die gleiche E-Mail-Adresse?", fragt er. „Dann schreib ich dir die Zeit." „Ist gut", antwortet sie kühl, obgleich ihr Herz rast. Werden sie wirklich noch einmal so spät in ihrer beider Leben so viel Zeit miteinander haben, damit sie wenigstens für sich klären kann, ob die sieben Jahre eine unsinnige Obsession gewesen sind? „Ich schreib dir dann zurück, wie du hierher kommst, es sind etwa fünfzig Minuten südlich der Stadt. Ciao."

Sie steckt das Handy in die Tasche und bleibt unschlüssig im Garten stehen. Was kommt da auf sie zu? Nach so langer Zeit kann sie doch mit ihm kein Gespräch über Gefühle anfangen? Er hat sie ja in all den Jahren nicht umsonst an Rhett Butler in „Vom Winde verweht" erinnert: undurchschaubar in seinen Gefühlsäußerungen, niemals festzulegen und trotzdem oder vielleicht deshalb faszinierend für Frauen.

Rosso stupst sie am Bein, legt den Kopf schief und schaut sie fragend an. „Eben", sagt sie zu dem Hund, hockt sich zu ihm nieder und krault seine langen Ohren, „der meldet sich ja sowieso nicht noch einmal, also ganz ruhig bleiben – low-key."

Der Garten muss langsam winterfest gemacht werden, Großputz ist auch einmal wieder nötig, sie hat einer Bekannten versprochen, ihr Buch zu lesen und zu rezensieren. Es gibt wirklich genug zu tun.

Jetzt aber erst einmal der sportliche Gang mit dem Hund in der Morgensonne. Rosso liegt schon angespannt vor der Gartenpforte und beobachtet Greta. Er kennt das Ritual genau. Erst der Morgen-Chai, dann raus aus dem Kimono in Hose, Pullover und Laufschuhe, Handy und Schlüssel in die Tasche – und ab! Beim Klingeln der Schlüssel springt er auf, Greta öffnet die Gartenpforte – und weg ist der Hund.

Im Schatten ist die frühherbstliche Morgenluft schon kühl, und Greta wird ruhiger. Mit schnellen, festen Schritten geht sie den schmalen Schotterweg entlang, der direkt von ihrem Haus zur Isar führt, Rosso weit voraus, hin und wieder nach rechts oder links in die Wildnis springend, weil er eine Fährte aufgenommen hat. Aber er ist gut erzogen und kommt auf Pfiff sofort zurück.

Der Frühherbst ist Gretas liebste Jahreszeit: die Wiesen noch grün, die Gräser hoch, aber schon mit leichtem Silber überzogen, am Wegrand letzte Blumen, lila Skabiosen und Flockenblumen, rosa Klee und gelbes Habichtskraut, das Laub im Auwald am Fluss schon mit orangen und roten Einsprengseln und am Horizont das graublau schwingende Band der Hausberge, die Gipfel ganz oben mit dem ersten Schnee. Darüber ein seidig blauer Himmel.

„Was mache ich mir eigentlich vor?", sagt Greta laut zu sich selbst und, als Rosso angesprungen kommt, zu ihm gebeugt: „Nicht wahr, Rosso, ich bin doch ganz schön blöd?" Rosso schüttelt sich, dass seine langen Ohren schlackern. „Du willst ja wohl nicht sagen, dass ich die Geschichte jetzt ernst nehmen soll?"

Rosso ist aus dem Tierheim. Eigentlich hat Greta nach der schlechten Erfahrung mit einem traumatisierten Jagdhund, der vier Jahre brauchte, um halbwegs normal zu werden, kein Tier mehr aus dem Heim holen wollen. Aber Rosso war erst wenige Wochen im Tierheim gewesen, als sie das Foto im Internet sah. Sie verliebte sich auf der Stelle – was, als sie ihn in seinem Käfig im Heim besuchte, auf sofortige Gegenliebe stieß. Der Tod ihres letzten Hundes hatte in ihr über mehr als fünfzehn Jahre eine emotionale Leerstelle hinterlassen. Kaum war sie ganz aufs Land gezogen, holte sie Rosso zu sich, und jeder Tag mit ihm ist für Greta ein Geschenk an Liebe und Lachen. Er ist ihr auch durchaus genug Gesellschaft.

Einen zweibeinigen Lebensgefährten vermisst sie überhaupt nicht.

Greta kann nicht so ganz nachvollziehen, dass einige ihrer gleichaltrigen Witwen unbedingt wieder einen Mann an ihrer Seite haben wollen – mit über siebzig Jahren! Bei denen hatte das sicher auch damit zu tun, dass sie ohne Mann im Haus fast nicht lebenstüchtig sind. In Gretas Generation wurden viele Ehefrauen nach dem Tod des Mannes in wichtigen Alltagsdingen hilflos zurückgelassen, seien es Bankgeschäfte, Steuerangelegenheiten oder irgendwelche offizielle Korrespondenz. Dafür braucht Greta wirklich niemanden: sie hat in ihrer Ehe sowieso alles Organisatorische und Finanzielle erledigen müssen. Diese Autonomie schreckt allerdings viele Gleichaltrige ab. Aber nicht nur deshalb hat sich ihr Kreis von Freunden und Freundinnen in den letzten Jahren sehr dezimiert. Auch der Tod hat die Reihen gelichtet.

Greta geizt auch mit ihrer Zeit und ist nicht gerne mit Menschen nur aus Pflichtgefühl zusammen, die ihr nichts sagen oder ihr auf die Nerven gehen. Es hat in ihrem Leben nur wenige Freundinnen gegeben, wahrscheinlich, weil sie die einzige Berufstätige in dem Freundeskreis gewesen war. Die Hausfrauen waren immer zu einem längeren Schwatz aufgelegt, wenn Greta gerade ihre produktivste Phase im Büro hatte und keine Ablenkung gebrauchen konnte. Es kam vor, dass, sobald sie den Hörer aufgenommen hatte, die Frau am anderen Ende der Leitung ohne Unterbrechung redete, früher von Kunstausstellungen, die sie besucht hatte, später nur noch von ihren Enkeln. Greta hätte manchmal den Hörer neben sich legen und getrost eine halbe Stunde weiterarbeiten können.

Jetzt hätte sie ja im Prinzip Zeit für einen solchen Schwatz, sie hatte kaum noch beruflich zu tun. Aber sie hat selbst keine Enkel und interessiert sich nur mäßig für Klein-Bernie oder Klein-Sophie. Dann liest sie lieber ein Buch. Selbst einen mittelmäßigen Film im TV schaut sie lieber an, als sich etwas anhören zu müssen, was sie nicht interessiert. Möglicherweise gilt sie deshalb als arrogant oder eigenbrötlerisch. Im Dorf bleibt sie als Mieterin ohnehin Außenseiter, denn hier gilt nur derjenige etwas, der Eigentum vorweisen kann. Ganz bewusst pflegt sie allerdings die direkten nachbarschaftlichen Kontakte im Dorf, schon allein damit Rosso hin und wieder betreut wird, wenn sie in der Stadt zu tun hat.

Greta liest gerade einen der politischen Newsletter im Internet, die sie abonniert hat, als auf dem Bildschirm das Signal für eine neue Mail aufpoppt. Sie reagiert nicht sofort, sondern will den Kommentar erst zu Ende lesen. Aber jetzt bringt sie es doch nicht fertig. Fünf Tage sind vergangen, seit er gesagt hat, er würde ihr mailen!
„Cara. Bin diese Woche Mittwoch in München, Meeting bis ca. 13 Uhr. Würde das Business-Lunch schwänzen und Dich besuchen. Darf ich kommen?" Wirklich? Greta stößt den Atem so laut aus, dass Rosso unter dem Schreibtisch hervorkommt und fragend seine Schnauze auf ihr Knie legt. Eigentlich darf der Hund nicht in ihr Atelier, und er geht auch nicht gerne die steile Treppe hinauf. Aber seit ein paar Tagen spürt er, dass Greta seine Nähe besonders schätzt, ihre innere Unruhe. Nicht ganz uneigennützig, denn die eine oder andere Leckerei außer der Reihe fällt dabei für ihn ab. Gedankenverloren krault Greta ihn hinter einem Ohr, streckt sich, schaut vom Laptop auf und aus dem Fenster in den Kastanienbaum am Ende ihres Gartens. Die stacheligen Kugeln sind schon fast alle heruntergefallen. Soll sie gleich antworten? Oder sozusagen eine taktische Zeit verstreichen lassen, um nicht zu gierig auf seinen Besuch zu erscheinen? Ach, albern, sie will gleich zurückschreiben, dass sie ihn am Mittwochnachmittag erwarte. Ihre in der Mail als Signatur automatisch mitgegebene Adresse kann er ja in sein Navi eingeben.

Die zwei Tage gehen schnell herum mit Alltagsroutine. Hin und wieder ertappt Greta sich dabei, wie sie die eine oder andere Ecke ihres Häuschens kritisch unter die Lupe nimmt und etwas verändert – natürlich beileibe nicht seinetwegen! Sie beschließt auch, die Stauden im Garten doch noch nicht zurückzuschneiden, weil vor allem die trockenen Hortensien einen sehr romantischen Look abgaben. Ja, ja, „low-key" ... Sie amüsiert sich über sich selbst. Sie hat ja wirklich nicht mehr den Wunsch, es mit einem Mann zu tun zu haben, zumal ja auch er nicht mehr der Jüngste ist. Aber: „Eine Geschichte, nicht zu Ende gelebt und nicht am Ende endend, macht beklommen im Herzen."

Das ist es eigentlich: Sie will es zu Ende bringen und noch ein paar Erklärungen. Vor allem will sie wissen, ob sie ihn ebenso beschäftigt hatte, wie er sie, oder ob sein Ruf als eiskalter Typ letztlich doch gerechtfertigt ist. Nach seiner Quasientschuldigung im Museum vorletzte Woche kann sie sich das eigentlich nicht vorstellen.

Ob er nur den Mittwochnachmittag Zeit hat, oder soll sie noch ein kleines Abendessen kochen? Das wäre natürlich gemütlicher, als nur bei einer Tasse Tee herumzusitzen. Sie stellt sich vor, wie er in der Nachmittagssonne durch ihr Wohnzimmer und ihre Küche streift, vielleicht auch durch den Garten. Rosso würde ihn prüfend beschnuppern, und es würde interessant sein, wie er sich ihm gegenüber verhält. Der Hund hat gute Menschenkenntnis, und wenn er wirklich ein so kalter Typ ist, dann wird der Hund ihn nicht sehr beachten.

Aber er hatte doch einmal erzählt, dass sie in der Familie auch einen großen Hund hatten und wie sehr es ihn getroffen hat, als man ihn hat einschläfern lassen müssen, weil er krank war. Das spricht ja für Gefühle. Sie lagen im Bett seiner Hotelsuite, sie kraulte sein Haar und dachte, wenn sie einmal einen Hund hätte, sollte der ein Fell wie diese Haare haben. Er schnurrte unter ihren Händen allerdings eher wie ein Kater. Wahrscheinlich war er ebenso ausgehungert nach Zärtlichkeit wie sie selbst – aber irgendwie standen sie beide nicht dazu. Sie kamen bei ihren kurzen Begegnungen einfach aus ihren Rollen nicht heraus. Bei einem längeren Zusammensein hätte Greta ihre Rolle als kühle „professional woman" sicher abstreifen können, und er vielleicht auch den zwar charmanten, aber eiskalten Manager.

Dabei hatte Greta immer Wert darauf gelegt, nicht nur intellektuell und kühl zu agieren. Ihre weiblichen Qualitäten setzte sie durchaus bewusst ein, z. B. wenn sie in kleiner Runde mit Kollegen oder Auftraggebern verriet, wie gerne sie für ihre Familie koche. Das traute ihr meistens keiner der Männer in der Runde zu. Eine erfolgreiche Frau versteht nichts vom Haushalt – dieses Klischee saß damals in den 1990er-Jahren noch fest. Auch setzte sie ihren Charme bei manchen potenziellen Auftraggebern oder wichtigen Kollegen ganz bewusst ein, was ihr ungerechterweise den Ruf in der Szene einbrachte, dass sie „nichts anbrennen lasse". Bei den meisten Männern, mit denen sie beruflich zu tun hatte, war jedoch eine gewisse Distanz zu der „intellektuellen Vordenkerin", wie sie in der Presse manchmal genannt wurde, bestehen geblieben. So hatte Greta sich mit dem Image der „starken Frau", vor der die meisten Männer ihrer Generation Angst hatten, schließlich abgefunden.

Sie lebte ein Doppelleben. Zu Hause durfte sie ihre beruflichen Erfolge besser nicht erwähnen. Ihr Mann wollte, auch wenn er das niemals zugegeben hätte, letztlich die angepasste Gattin, die ihm den Rücken frei hielt, was sie auch weitgehend tat. Ihre Ambitionen behielt sie besser für sich. Dieses Doppelleben ist nun mit Pensionierung und Witwendasein vorbei. Und Greta bedauert es nicht.

Jetzt überlegt Greta, was sie ihm anbieten könnte, wenn er denn wirklich käme. Da er bei ihrem Wiedersehen im Museum ein Glas Wein getrunken hat und nicht nur Wasser, wie früher, könnte sie ja den Lugana, den sie im kleinen Schuppen aufbewahrt, kühl stellen. Sicher ist es gemütlicher, wenn sie – vielleicht nach einem Spaziergang – ein frühes Abendessen einnehmen und bei einem Wein ins Plaudern kommen.

So kauft sie am Dienstag auf dem Markt etwas Salat, Salami und Käse. Das würde sie schnell herrichten können und, wenn er doch nicht käme, würde es auch nicht verderben. Selbst gemachte italienische Antipasti im Glas hat sie immer im Haus. Frisches Brot wird sie am Mittwochmorgen auf einem kleinen Umweg zum Bäcker beim Morgengang mit Rosso holen.

Als sie die Einkäufe in den Kühlschrank räumt, stellt sie sich ihn am Holztisch in der Küche sitzend vor, ein Glas Wein vor sich und sie dabei beobachtend, wie sie Salami, Käse, Salat, Antipasti und Brot anrichtet. Dabei weiß sie ja nicht einmal, ob er überhaupt so eine italienische „Marende" mag. Sie haben nämlich, bis auf den ersten Abend im Kongresshotel mit den labberigen Tapas, nie zusammen gegessen, geschweige denn, sich über ihre kulinarischen Vorlieben unterhalten. Vielleicht ist er da ganz spießig und will ein Leberwurstbrot?

Greta muss schon wieder über sich selbst schmunzeln. Von wegen „low-key ..." Rosso reißt sie aus ihren Gedanken. Er hat genau mitbekommen, wie sie auf dem Markt auch klein geschnittenen Pansen beim Metzgerstand gekauft hatte, und fordert jetzt lautstark mit seinem Napf klappernd sein Lieblingsfutter. „Du bist doch nicht etwa jetzt schon eifersüchtig, mein Rosso?", lacht Greta, als sie ihm das Futter aus der Tüte in den Napf schüttet. Während der Hund schlingt und schmatzt, steht sie unschlüssig in der Küchentür und versucht, sich zur Ruhe zu zwingen. Er kommt doch erst morgen – noch ein ganzer Tag Zeit!

Greta geht die Treppe hinauf, setzt sich an ihren Schreibtisch und schaltet ihren Laptop ein. Sie schätzt es nicht, wie die meisten ihrer Bekannten, den Computer immer eingeschaltet zu lassen. Energiesparen und bewusstes Entschleunigungsprogramm zugleich.

Eine Nachricht von ihm! Sagt er wieder ab, wie so oft? Greta ist durchaus darauf gefasst, aber er schreibt nur, dass er doch erst am späten Nachmittag kommt. „Noch ein wichtiger Termin – Du weißt, wie das ist, tut mir leid." „Nein", denkt Greta, „ich weiß nicht, wie das ist, und ich habe damit nie meine Wichtigkeit begründen müssen."

Also hat er sich die Floskeln nicht abgewöhnt. Wahrscheinlich trägt ihn das über seinen Bedeutungsverlust und das Altern hinweg. Greta hat dieses Spiel nie gespielt, was ein Fehler war. Von einer erfolgreichen und in der Szene bekannten Frau wie ihr hatte man erwartet, dass sie ständig beschäftigt und schwer zu erreichen sei. Ein befreundeter Journalist hat ihr einmal gesteckt, dass sie sich viel „zu normal" gebe und sich nicht genügend rar und wichtig mache. Aber wenn sie für jemanden Zeit haben wollte, hatte sie Zeit, und sie brauchte keinen „Zerberus" im „Vorzimmer", der ihre Zeit verwaltete. Einen vollen Terminkalender musste sie nicht vortäuschen, um ihre Bedeutung zu unterstreichen, wie es so viele Männer taten. Einmal erwischte sie einen hohen Beamten sogar direkt dabei. Auf ihren Terminwunsch hin schaute er in seinen Leporello-Taschenkalender (damals hatte man die Termine noch nicht im Handy) und stöhnte, die nächsten sechs Wochen ginge gar nichts. Da glitt ihm dieser Leporello-Kalender aus den Fingern, und die Seiten fielen offen senkrecht nach unten. So konnte sie sehen: Für die nächsten sechs Wochen gab es fast keine Einträge!

Nach einer Weile mailt Greta ihm kurz zurück: „Kein Problem. Erwarte Dich Mittwoch mit einem frühen Abendessen." Wieder einmal antwortet sie viel zu cool, anstatt zurückzuschreiben, wie ihr zumute ist: „Du wolltest doch den Termin am Nachmittag schwänzen? Bleib, wo der Pfeffer wächst!" Low-key, low-key ...

Zur Ablenkung setzt sie sich an die Besprechung des Buches ihrer Freundin. Wie immer ist Arbeit in einer solchen Situation das Beste. Ein Buch über die Gesetzmäßigkeiten und Fallstricke des Lebens von Topmanagern. Das passt ja gerade gut.

Greta hatte selbst zwei Generationen Führungspersönlichkeiten im Tourismus kennengelernt. Die erste Generation waren die alten Praktiker, die in den Siebzigerjahren die ersten größeren Reiseveranstalter – damals sprach man in der Branche noch Deutsch – oder Ferienfluglinien selbst gegründet hatten. Sympathische, gestandene Unternehmer, keine blutleeren Manager-Figuren, wenn natürlich auch irgendwie Machos und Haudegen. Sie verkörperten, durchaus auch körperlich sichtbar, das, was sie verkauften: Lebensart und Genuss auf Reisen. Mit Greta waren sie immer äußerst charmant umgegangen, vielleicht auch weil sie meinten, sie nicht wirklich ernst nehmen zu müssen. Pragmatiker, die sie waren, konnten sie mit wissenschaftlichen Analysen oder fundierten Strategien ohnehin wenig anfangen. Als Unternehmer alter Schule handelten sie aus dem Bauch heraus und verdienten ordentlich Geld in einem ständig wachsenden Markt. Denn die Deutschen entwickelten sich zu „Reiseweltmeistern", es ging ihnen gut, der Hedonismus der Spaßgesellschaft der 1980er und 1990er wurde gerade auf Reisen ausgelebt.

Mit dem Massengeschäft musste sich die Branche jedoch professionalisieren. Die Terminologien veränderten sich: „Fremdenverkehr" wurde durch „Tourismus" ersetzt, Unternehmer wurden zu CEOs (Chief Executive Officers), die ein Produkt herstellten und vertrieben, ob eine Reise oder ein Shampoo oder eine Pizza – egal. Reisende wurden zu „Paxen", wie Stückgut in Flugzeugen oder Bussen verschoben. Greta hatte sich häufig öffentlich darüber lustig gemacht, mit der Konsequenz, nicht in die „Inner Circles" aufgenommen zu werden. Man lud sie gerne zu Vorträgen ein, weil sie einen hohen Unterhaltungswert versprach: eine Frau, intellektuell und trotzdem eine gute Show – aber mehr auch nicht.

Mittwochmorgen. Es regnet. Der Morgengang den Wiesenpfad entlang mit Rosso ist trotzdem Pflicht, und nach kurzer Überwindung fühlt sich Greta gut dabei. Die leuchtende Frühherbststimmung ist einem eintönigen Grau gewichen, die Regentropfen hängen schwer an den Gräsern, und die Wolken sitzen tief auf den Hausbergen. Bei dem Wetter sieht der Garten natürlich nicht so romantisch aus, wie Greta ihn präsentieren will. „Ist ja auch egal", murmelt sie in ihren Schal und versucht, ihre innere Unruhe zu dämpfen. Als Rosso triefend nass aus der Wiese auf sie zugelaufen kommt und fröhlich an ihr hochspringt, beschließt sie, ihn nach ihrer Rückkehr einmal wieder zu baden. Sein Fell soll nicht feucht stinken und schön glänzen, wenn er ihn streichelt. Außerdem geht der Vormittag damit herum, denn der Hund stellt sich dabei immer ziemlich an. Bis sie ihn trocken geföhnt und gebürstet hat, wäre es fast Mittag.

Greta ertappt sich immer wieder dabei, wie sie sich ihn in ihrem Haus vorstellt. „Ein aufgeregter Backfisch vor einem Rendezvous", mokiert sie sich. Die Zweifel, ob es ihr gelingen würde, mit ihm über ihre damalige Affäre zu reden, werden immer stärker. Aber sonst hätte dieser Besuch doch sowieso keinen Sinn. Soll sie es nicht besser bei einer lässig-lockeren Begegnung belassen? Ein Stündchen, und ihn dann hinauskomplimentieren?

Greta ist klar, das wird sie nicht fertigbringen. Schließlich war sie ja sogar einmal bereit gewesen, mit ihm „auf und davon" zu gehen und für ihn alles hinter sich zu lassen. In einem der wenigen längeren Telefongespräche hatte sie ihm das einmal gestanden, nachdem sie schon drei oder vier Jahre eine Beziehung hatten, wenn man das überhaupt so nennen durfte. Er fragte zurück, warum sie das nicht früher gesagt habe. Sie antwortete, dass sie zu stolz gewesen sei. Aber das war es ja nicht allein gewesen. Sie hätte ihr nicht so schlechtes, wenn auch etwas langweiliges Leben mit ihrem Mann aufgeben müssen für das total Ungewisse, für eine Amour fou. Da hatte dann doch die Vernunft gesiegt. Ob das richtig gewesen war?

Eine Freundin, die Einzige, der sie sich anvertrauen konnte, gab ihr damals ein Gedicht von A. S. J. Tessimond, zwar an einen Mann gerichtet, aber auch passend für Gretas Zustand:

MIDDLE-AGED CONVERSATION

Are you sad to think how often
You have let all wisdom go
For a crimson mouth and rounded
Thighs and eyes you drowned in?"
„No."
„Do you find this level country
Where the winds more gently blow
Better than the summit raptures
And the deep sea sorrows?"
„No."

Genau das war es: Sie hatte Leidenschaft für ein dahinplätscherndes Leben unterdrückt, und das hat sie jahrelang gequält. Vorbei – oder doch nicht ganz?

Greta hat Rosso gebadet und die Sauerei, die er verursacht, wenn er sich danach ausgiebig schüttelt, beseitigt. Der Hund ist auch ganz erschöpft, und so halten sie beide eine kurze Siesta. Aber sie kommt nicht richtig zur Ruhe.

Natürlich Erinnerungen an ihn, an die vielen von ihm abgesagten Verabredungen und ihre eigenen Versuche, ihn an Orten abzupassen, wo er mit Sicherheit sein müsste, zuletzt auf einer ITB.

Gerade hatte sie mit einem Bekannten am Messestand eines kleineren Reiseveranstalters zusammengestanden, bei dem er nach seinem Rausschmiss aus dem Management der AI-Touristik angeheuert hatte, da kam er die Treppe aus der oberen Etage herunter. Greta verschluckte sich fast. Aus dem Augenwinkel sah sie, wie er sich von diesem und jenem Mitarbeiter des Standpersonals verabschiedete, wie immer sehr gut gekleidet und sich charmant lächelnd seitlich zum jeweiligen Gesprächspartner herunterbeugend. Er entdeckte Greta, als er schon in den Gang vor dem Messestand einbog – und schaute sie nur lange und fast verwundert an, bevor er sich umdrehte und fortging. Sie war tief getroffen, musste sich aber dem Bekannten gegenüber beherrschen und ganz cool weiterreden. Schrecklich!

Das ist Jahre her, und heute will er sie wirklich sehen? Was soll sie bloß anziehen? „Low-key, low-key ...", aber trotzdem will Greta gut aussehen und sich vor allem in ihrer Haut wohlfühlen. Im Museum hat sie einen schwarzen Hosenanzug getragen. Der war bei beruflichen Terminen immer eine Art Uniform, und für die Gastvorlesung hat sie ihn noch einmal aus dem Schrank geholt. Er kennt sie in diesem Outfit. Privat haben sie ja nie miteinander zu tun gehabt, und wenn er seinen Anzug und sie den ihren abgelegt hatte, hatten sie Hotelbademäntel angehabt. Hier, in ihrem Haus, findet Greta es aber albern, sich „professional" zu kleiden. Vor dem großen Spiegel im Atelier probiert sie einige

Sachen an, die im Schrank hängen. Das hat sie lange nicht mehr getan: sich in verschiedenen Looks ganz bewusst vor dem Spiegel zu drehen. War ja auch kaum nötig gewesen. Verabredungen mit Männern hat sie ewig nicht mehr gehabt, und offizielle Anlässe, bei denen sie „bella figura" machen muss, meidet sie möglichst. Wenn sie einmal in der Woche in die Stadt fährt, zieht sie fast immer eine Hose mit lockerer Jacke an, vielleicht noch einen weiten Mantel. Eigentlich sind ihr Klamotten in den letzten Jahren immer gleichgültiger geworden. Wohl deswegen muss sie nun feststellen, dass viele der an sich noch guten Stücke im Schrank ihr entweder nicht mehr stehen oder nicht mehr richtig sitzen. Ihr Körper hat sich eben mit dem Alter verändert, „gesetzt", wie man so schön sagt, und sie müsste in Schnitt und Material ihrer Kleidung stärker darauf Rücksicht nehmen, um wirklich gut auszusehen. Das lässt sich jetzt allerdings nicht so schnell ändern.

Auf dem Bett türmt sich schließlich ein Haufen Kleidungsstücke, die sie nicht anziehen will. Greta hat sich für eine schwarze, weich fallende Hose und eine weite, indisch gemusterte Jacke entschieden. Ihre halblangen Haare kann sie mit ein wenig Gel noch aufpeppen. Als Schmuck nur ihre Lieblingssilberringe und einen Armreif. Die ausgemusterten Klamotten wirft sie als großen Klumpen in den Schrank. Darum kann sie sich morgen kümmern.

Unten im Haus hört Greta das Signal für eine Nachricht auf ihrem Handy. Rosso fiept, wie meistens beim Handy-Geräusch. Er weiß wohl, dass sie es manchmal nicht hört. Wenn das Gerät offen irgendwo auf einem Tisch oder Sessel liegt, nimmt er es sogar vorsichtig in die Schnauze und bringt es ihr. Aber jetzt ist es noch in ihrer Jackentasche, und da kommt der Hund nicht ran. Greta steigt die Treppe hinunter zur Jacke an der Garderobe und muss sich zwingen, langsam zu gehen, so aufgeregt ist sie. SMS: „Bin unterwegs, in ca. 30 Minuten bei Dir." Sie schaut auf die Uhr: 17.00 Uhr! Nun muss sie sich aber beeilen, das versprochene „kleine Abendessen" zu arrangieren. Na ja, das macht sich schnell und routiniert.

Der Regen draußen geht in einen Wolkenbruch über. Eigentlich müsste Rosso jetzt noch einmal hinaus, damit er nachher nicht unruhig ist. Aber wie Greta ihn kennt, hatte er keine Lust, und seine Blase scheint bei Regen ungeheuer dehnbar zu sein. Sie macht den Test, ruft den Hund und öffnet die Haustür. Er steckt die Nase kurz hinaus, zieht den Schwanz ein und verzieht sich auf seine Matte unter der Treppe. „Gut so, mein Lieber", lobt Greta ihn. „Dann bist du nachher wenigstens nicht nass."

Die dreißig Minuten sind längst um. Greta sitzt in einem der roten Sessel und versucht, in einer Zeitschrift zu lesen. Aber sie muss immer wieder hinaus in den strömenden Regen horchen, ob ein Auto kommt. Sie spielt ein wenig mit Rosso, indem sie seinen Ball versteckt und ihn suchen lässt, aber beide sind nicht bei der Sache. Sie macht den Fernseher an – die Vorabendsendung langweilt sie. Sie sucht Musik, die ihm gefallen könnte. Keine Ahnung, was er mag, wahrscheinlich irgendetwas Amerikanisches, aber so etwas hat sie nicht. Vielleicht französische Chansons? Immerhin hatte er ja auch in Paris gearbeitet.

Sieben Uhr, halb acht, acht. Wenn er so spät kommt, dann muss er ja hier übernachten. Ein vernünftiges Hotel gibt es in der Nähe nicht, und im Haus kein Gästezimmer, nicht einmal ein Sofa. Greta mag eigentlich keinen Übernachtungsbesuch. Will sie ihn über Nacht im Haus haben? Zwei alte Körper?

Sie schenkt sich ein Glas Weißwein ein und nascht von der Salami. Er hat ihre Verabredungen ja oft abgesagt, aber jetzt, ganz ohne Nachricht, das hätte sie nicht erwartet. „Na ja, mache ich mir eben einen schönen Abend alleine." Und so schlüpft sie in den altbekannten Kokon aus Enttäuschung und Selbstschutz.

Plötzlich springt Rosso zur Haustür und bellt. Also kommt er doch noch! Greta kaut schnell ein Stück Brot, um keine Fahne von dem Wein zu haben, und geht zur Haustür. Ihr Herz klopft bis zum Hals. Sie wartet ab, bis er die Glocke an der Haustür bedient hat, und öffnet mit einem strahlenden Lächeln.

Unter dem kleinen Vordach, das den starken Regen kaum abhalten kann, stehen nebeneinander zwei junge Polizisten. „Erwarten Sie Besuch?", fragt der Kleinere von beiden. „Ja, allerdings", antwortet Greta, und ihr Magen krampft sich zusammen. „Wir haben Ihre Adresse auf einem Zettel im Innenraum eines Audi mit Frankfurter Kennzeichen gefunden, der auf der Autobahn einen Totalschaden hatte. Wahrscheinlich Aquaplaning, bei dem Regen. Der Fahrer hat den Unfall nicht überlebt. Nachdem wir keine Angehörigen erreicht haben, meinte der Chef, wir sollten die Adresse auf dem Zettel benachrichtigen. Er kennt Sie wohl. Ich hoffe, der Verunfallte stand Ihnen nicht zu nahe." „Nein, nein", erwidert Greta, „ein flüchtiger Bekannter, der mich nach Jahren einmal besuchen wollte. Trotzdem schrecklich." „Ja. Tut mir leid", entgegnet der größere Polizist. Die beiden verabschieden sich und laufen mit hochgeklapptem Kragen durch den Regen schnell zum Auto.

Greta schließt langsam die Tür. Sie setzt sich auf die Treppe, starrt ins Leere und murmelt: „Eine Geschichte, nicht ganz zu Ende gelebt und nicht am Ende endend, macht beklommen im Herzen."

Aber so ein Ende? Als Rosso seine Schnauze auf ihre Knie legt und seine feuchten braunen Augen sie fragend anschauen, kommen ihr die Tränen. Der Hund leckt ihr Gesicht. Es ist weniger die Trauer um ihn als die Enttäuschung, dass sich die Geschichte nun nie ganz lösen wird.

Mechanisch räumt sie Salami, Käse und die Antipasti in den Kühlschrank. Ihr Bauch ist ganz hohl, aber essen kann sie jetzt nichts mehr. Noch ein Glas Wein. Sie steht am Küchentisch und starrt vor sich hin, bis ihr Inneres ein wenig ruhiger wird. Dann geht sie ins Bett hinauf und Rosso auf seine Matte. Sie schläft traumlos.

Die Autorin

Zita Seymor, Jahrgang 1945, studierte Soziologie und Stadtplanung und unterrichtete später als Hochschullehrerin an verschiedenen Universitäten in Deutschland, Italien und Österreich. Daneben betrieb sie eine eigene Consulting-Firma. Die begabte Professorin hat eine Reihe von Fachbüchern und Fachartikeln publiziert. „Beklommen im Herzen" ist ihr erster Roman. Die Autorin liebt die Natur, liest gern und überrascht Familie und Freunde gerne mit leckeren Gerichten. Zita Seymor ist verheiratet und hat zwei erwachsene Kinder.

novum VERLAG FÜR NEUAUTOREN

Der Verlag

„ *Wer aufhört
besser zu werden,
hat aufgehört
gut zu sein!*

Basierend auf diesem Motto ist es dem novum Verlag ein Anliegen neue Manuskripte aufzuspüren, zu veröffentlichen und deren Autoren langfristig zu fördern. Mittlerweile gilt der 1997 gegründete und mehrfach prämierte Verlag als Spezialist für Neuautoren in Deutschland, Österreich und der Schweiz.

Für jedes neue Manuskript wird innerhalb weniger Wochen eine kostenfreie, unverbindliche Lektorats-Prüfung erstellt.

Weitere Informationen zum Verlag und
seinen Büchern finden Sie im Internet unter:

w w w . n o v u m v e r l a g . c o m

Bewerten Sie dieses Buch auf unserer Homepage!

www.novumverlag.com